KB109682

다이달로스의 슬픔

변학수의 대중문화 읽기

다이달로스의 슬픔

변학수의 대중문화 읽기

초판인쇄 2015년 05월 07일
초판발행 2015년 05월 19일

저   자 변학수
발 행 인 윤석현
발 행 처 박문사
등   록 제2009-11호

주   소 서울시 도봉구 우이천로 353 성주빌딩 3F
전   화 (02)992-3253(대)
전   송 (02)991-1285
편   집 최현아
책임편집 김선은
전자우편 bakmunsa@daum.net
홈페이지 http://www.jncbms.co.kr

ⓒ 변학수, 2015. Printed in KOREA.

ISBN 978 - 89 - 98468 - 63 - 7 03800   **정가** 10,000원

이 책은 저자가 <조선pub>에 연재한 칼럼을 모아 수정·보완하여 엮었습니다.

다이달로스의 슬  픔

변학수의
대중문화 읽기

변학수

박문사

2014년 10월 1일 『중앙일보』에 '이야기가 원하는 것: 영화 〈명량〉의 시비'란 시론을 쓴 후 용기를 얻은 필자는 줄곧 쓴 글을 같은 신문에 게재하고 싶은 욕망이 있었다. 그러나 두 번째 글이 거절당한 뒤 곧 주제를 파악하기에 이르렀다. 그 시론은 아무나 그리고 아무 때나 실을 수 있는 것이 아니었다. 그래서 고민하던 중, 경북대학교 명예교수이신 배한동 교수를 통해 『월간조선』 이상흔 기자를 알게 되었고, 원하는 때에 원하는 만큼의 칼럼을 인터넷 신문인 〈조선pub〉에 기고할 수 있게 되었다.

내 글의 레퍼토리는 영화, 문학, 스포츠, 디자인, 음악, 정치, 법, 사회 등의 분야이다. 그 레퍼토리를 다루는 레시피는 날개가 녹아버려 바다로 추락한 이카로스를 바라보는 다이달로스의 슬픔과 초기 휴머니즘의 마르크스가 보여준 따뜻한 국밥 한 그릇이다.

이 책을 내면서 감사할 분들이 많다. 무엇보다 앞에서 쓴 글들을 아주 재밌게 읽었다면서 비타민 P(raise)를 끝없이 제공해 주신 박찬석 전 경북대 총장(전 국회의원)께 무한히 감사드린다. 그분의 칭찬이 펜을 춤추게 했다. 칼럼이 쓰일 때마다 환호해 주신 전 국립국어원장 이상규 교수님께도 감사드린다. 칼럼을 쓰면서 필자는 많은 저항을 받았다. 특히 정명훈을 건드린 죄에 대한 벌은 무거웠다. 벌을 가한 분들이 어떤 심정으로 했건 그것을 겸허히 받아들인다. 정명훈에 관한 칼럼을 쓰면서, 오래 전 여름 계절 학기에 선생님과 학생으로 인연이 되었던, 재독 작곡가 이도훈 씨를 다시 만날 수 있어서 좋았다. 그리고 세계적인 피아니스트 폴 김 교수의 부인이자 성악가이신 전춘희 교수에게서 격려의 편지를 받았던 것도 감사한다.

필자는 필이 꽂히면 언제든지 글을 쓴다. 지난 겨울 한국연구재단의 프로젝트 때문에 약 한 달간을 제외하곤 일주일에 거의 두 번씩 칼럼을 송고했다. 그러기에 더욱 더, 새벽 3시나 4시... 대중없이 일어나 단잠을 방해한 남편을 용서해 준 아내에게 특별히 미안하고 감사한다. 이젠 훌쩍 커 버려 다이달로스의 말을 듣지 않는 이카로스 같은 아들이 독립하는 바람에 편한 마음으로 글을 쓸 수 있었다. 이 아들에게도 감사한다.

마지막으로 칼럼집을 출판하지 않는 — 솔직히 책을 누가 읽는 가 — 세태임에도 불구하고 다시 한 번 출판해 주신 박문사에 진심으로 감사한다.

근대화라는 시간은 서양에 가혹한 희생을 요구했지만 우리 는 그 근대화를 적어도 문명적인 관점에서 본다면 빨리 이루었 다. 그러나 근대화의 정신, 이를테면 개인의 권리와 합리성, 그 리고 기계 문명의 위험에 대한 인식을 바탕으로 한 문화는 빨 리 이룰 수 없었다. 가만히 생각해 보면 정말 꿈만 같다. 어릴 때 소원이 나의 자동차를 타 보는 것이었는데 이렇게 빨리 대 한민국이 자동차 분야에서 세계 최고의 반열에 오르다니! 하지 만 지금 우리가 마음 놓을 수 없는 부분은 정치의 후진성, 법의 식, 기술의 발달이 아니라 무엇보다 문화적 감수성임을 부정할 수 없다. 빠른 시간에 모방하고 생산하느라 그것을 즐기는 데 이르지 못했다. 나는 그걸 생각하면 늘 다이달로스처럼 슬프다.

2015년 3월 이시아폴리스에서
변 학 수

| 차례 |

01 다이달로스의
     슬픔

이 시대 다이달로스는 아들 이카로스에게 조형술을 가르치지 못했던 슬픔을 안고 있다. 그들은 오직 하늘을 바라보는 데만 익숙하다. '중동 붐'이라 해 봤자 가고 싶어 하거나 갈 수 있는 능력을 가진 이카로스는 없다. 그것이 이 시대 다이달로스의 슬픔이다.

내 그런 일 일어날 줄 알았다. 중동 순방을 마치고 돌아온 대통령은 한껏 고무되어 이렇게 말했다. "대한민국의 청년들이 텅텅 빌 정도로 한 번 해 보세요. 다 어디 갔냐고, 다 중동 갔다고 (말할 정도로)" 대통령이 이카로스 흉내를 낸 것이다. 하늘을 날다 추락한 이카로스 말이다. 그랬더니 젊은이들이 벌떼같이 일어나서 "너나 가라, 중동!" 하고 외쳤다. 김무성 새누리당 대표가 신림동의 고시촌을 방문했을 때였다. 아마도 김 대표가 부산 사람이라는 것을 염두에 둔 표현이었을 것이다. 부산을 배경으로 한 영화 〈친구〉의 "니가 가라, 하와이!"라는 말을 패

러디 한 것처럼 보이니 말이다.

　누구 편을 들자는 것이 아니다. 아직 자식 셋 중 딸 하나, 아들 하나가 변변한 직장을 못 가진 아비로서 세월이 야속하고 안타까울 뿐이다. 우리 세대야 다이달로스처럼 무엇을 만들고 일하는 것이 당연하였던 세대다. 어린 나이에 산판 인부가 되어 보기도 했고, 지게질과 농사, 독일이라는 나라에서 건축 보조와 로베르트 보쉬 공장에서의 일을 해 봤으니 가히 다이달로스라 아니할 수 없다. 다이달로스는 오비디우스의 『변신 이야기』에 나오는 인물로 이름의 뜻이 마이스터이다. 여신 아테네에게 기술을 전수받은 건축과 공예의 명장이다. 스스로를 그런 인물과 비교하는 것은 내가 무슨 일을 잘해서가 아니다. 그보단 우리 세대는 일하는 세대, 즉 중동 세대와 비슷하였다는 점이다.

　그러나 나의 딸 아리아드네와 나의 아들 이카로스는 일을 하는 세대가 아니다. 내가 서양 아이들처럼 일찍 독립하여 스스로 돈을 버는 법을 가르쳐 준 것도 아니다. 더구나 우리나라는 딸이 결혼을 하면 부모가 많이 도와주어야 하는 문화를 갖고 있다. 딸은 대학에서 인문학을 공부하였다. 다이달로스는 남자 친구를 살려 같이 살겠다는 딸에게 실을 뽑아준다. 아리아드네도 자기 남자 친구에게 실을 묶어 주는 것만 알았지, 아버지를 살릴 줄은 몰랐다. 집을 부수어 아버지를 살리는 것은 생각도 못한다. 결국 아버지 다이달로스와 아들 이카로스는 다시 라비린토스, 즉 미궁迷宮에 갇히게 된다.

  살기 위해 아버지는 아들에게 일을 하라고 간곡하게 부탁한다. 아들이 맨 처음 배운 일은 마트에서 일하는 것이었다. 최저시급이 5,200원이었는데도 주인은 말없이 계약서 사인 안 했다고 시급 3,400원을 주고 큰소리쳤다. 일할 사람 많다고. 오고 가는 시간 빼고 차비 빼고 아들은 도저히 라비린토스를 빠져나갈 궁리를 할 수 없다. 인터넷 구직 사이트를 같이 보면서 다음으로 찾은 곳은 주방보조였다. 주인도 친절하고 주방장이 형같이 좋다고 했다. 알바비로 시급 5,500원을 받았다. 최저시급을 넘었다고 좋아했다. 원래 하루 5시간 일하기로 되어 있었지만 일이 없는 날은 4시간만 하기도 했다. 그런데 날이 지나자 차츰 2시도 넘어 귀가하는 것이었다.

  알고 보니 직원들이 아들을 한잔하자며 데리고 다니니, 알바해서 번 돈은 술값으로 지출되었다. 그리고 아들은 너무 피곤해 했다. 무려 6년, 아니 12년을 집에서 해 주는 밥 먹고 책이나 컴퓨터만 봐 왔던 아이가 육체 노동이 얼마나 힘들었겠나. 아들은 미노타우로스는커녕 소고삐도 못 잡는다. 이제 아들은 이렇게 몸으로 일할 바에는 돈을 더 많이 받는 곳에 가겠다고 공단으로 향했다. 상당히 먼 곳이었다. 반대했지만 모집책이라는 사람이 그러는데 일이 할 만하다고. 시급을 7,000원 준다고 그랬단다. 말리는 다이달로스를 뒤로 하고 아들은 1시간이나 도시에서 떨어진 곳에 일하러 갔다. 몇 시간 일하고 손이 다 부르텄다. 이카로스는 끝까지 버티겠다고 했지만 하루도 되지 않아 라비린토스 벽을 무너뜨리는 일을 포기하고 만다.

다이달로스가 크레타 왕의 분부대로 괴물 미노타우로스를 가두기 위해 라비린토스를 지었다. 하지만 다이달로스가 직접 만들어 준 실로 딸과 테세우스가 달아나자 크레타 왕은 다이달로스와 아들 이카로스를 이곳에 가두어 버렸다. 다이달로스는 이제 이카로스와 함께 크레타 왕이 만든 라비린토스를 빠져 나갈 궁리를 한다. 다이달로스는 자신의 제조업 기술로 날개를 만들어 자신과 아들의 어깨에 밀랍으로 붙이고 함께 날아올라 탈출에 성공한다. 유학을 하라고 이카로스를 미국으로 보낸다. 그러나 아들은 아버지의 명령을 어기고 태양 가까이로 너무 접근하였기 때문에, 태양열에 밀이 녹아 날개가 떨어져 나가면서 바다에 떨어진다. 너무 심하게 공부하다가 우리의 이카로스는 강박과 우울에 시달리게 된 것이다. 그는 다시 유턴을 한다. 다시 라비린토스다.

제조업이 강한 나라가 위기에 강하다고? 어쨌든 한국의 다이달로스는 자신이 할 수 있는 일을 이카로스에게 가르치지 못했다. 그가 하고 싶은 일은 제조업이 아니라 오로지 하늘을 향하는 이미지 산업이다. 그는 서태지처럼 플랫폼을 만들어 개방하고, 개발자 생태계를 토대로 새로운 플랫폼 기업을 만들어야 한다는 구글 김현유 상무의 생각처럼 하늘을 향해 있다. 물론 그런 플랫폼을 만들기 위해서는 제조업도 뒤따라야 한다. 그러나 우리들의 이카로스는 대부분 하늘을 향한 꿈만 키운다. 도대체 제조업이라는 일엔 관심도 없다. 다이달로스가 이 아들에게 중동으로 가라고 한다면, 그는 "너나 가라, 중동!" 할 것이다. 차라리 다이달로스가 교수직을 아들에게 주고 스스로 중동으로 가는 편이 나을 것이다.

이카로스가 K-Pop을 만들고 게임과 앱을 만드는 동안, 아버지 다이달로스는 건설업과 제조업에 몰두하고 있었다. 그러는 동안 다이달로스는 이카로스를 가르칠 수 없게 되었다. 이카로스는 300만원 받는 중소기업에 가는 대신 130만 원 월급의 마트에서 알바하는 것을 선호한다. 내러티브, 음악, 건축 미술의 공개된 스템 파일로 새로운 영화를 만들든지, 새로운 차원의 앱을 만들거나 서비스업의 사무직을 꿈꾼다. 마치 다이달로스의 시대는 끝난 것처럼 보인다. 계몽주의 이후 젊은 베르테르가 자연과 합일하지 못한 슬픔으로 가득했다면, 250년 후의 늙은 다이달로스는 조형술을 익히지 못해 바다로 처박힌 이카로스 때문에 슬프다. "이카로스, 이카로스, 어디에 있느냐? 내가 어디서 너를 찾아야겠느냐?"(오비디우스, 『변신 이야기』 1권, 민음사, 346쪽.)

02 이야기가 원하는 것
: 영화 〈명량〉의 시비

허구와 역사는 어떤 관계에 있는가? 영화라면 모든 것이 허구이고 또 허구이기 때문에 영화 〈명량〉은 사자 명예훼손 시비에서 벗어날 수 있는 가? 역사적으로 허구와 현실 문제는 많은 시비를 불러왔다. 영화가 예술 이 되기 위해서 어떤 태도를 취하는 것이 옳을까?

2014년에 개봉한 영화 〈명량〉에 대해서 많은 논란이 있었 다. 작품성에 대한 시비가 있더니 역사왜곡 또는 '사자死者 명예 훼손' 문제가 점점 제기되었고 이 영화의 인기만큼이나 그림자 또한 크지 않았나 하는 생각이 든다. 문학을 전공한 필자로서 는 무엇보다 이 영화가 수작이냐 졸작이냐 하는 문제에도 관심 이 있지만 그것은 다른 지면을 이용해 논하기로 하고, 여기서 는 '사자 명예훼손'과 관련된 픽션의 한계에 관한 생각을 말하 고자 한다.

일반적으로 문화학에서는 역사를 현재의 관점에서 재구성하는 것을 '기억'이라고 하는데 역사를 다룬 사극이 역사가 아닌 이상 사실 (즉 역사) 왜곡의 문제는 '기억' 왜곡의 문제이다. 또한 이 '기억'의 문제는 '사자'의 후손에게 영향을 미칠 수도 있기 때문에 명예와 송덕 같은 '기억'의 문제는 역사적 소재를 다룸에 있어 신중해야 할 것이다.

기억 담론을 다루는 학자들은 기억은 객관적 준거와 일반적 집단을 가지고 있는 역사와는 달리 특정한 집단의 산물이라고 본다. 대표적으로, '위안부' 문제에 관해 우리와 전혀 다른 해석을 하는 일본이라는 집단의 기억이 그러하다. 특정한 집단, 일본은 '역사'는 변함이 없는데도 자신들의 '기억'을 받아들이지 않을 기세다. 병자호란이나 장희빈 등이 작가에 따라 끊임없이 새로운 이야기로 만들어지는 것은 '기억'의 변화에 의한 사건의 재구성 때문이다.

이렇게 되니 창조물의 허구성과 사실/역사 사이의 경계는 모호해지고 다른 사람에게 피해를 입힐 수 있게 되자 그 문제를 피하기 위해 창작자는 일반적으로 '이 이야기는 창작한 것으로 그 사실성은 부정한다'라거나 '여기에 등장하는 인물은 허구적

인물로서 사실이 아님을 밝힌다'와 같은 설명을 붙이기도 한다.

오늘날 우리의 모든 예술 작품들이 허구성이라는 이름으로 명예훼손이나 외설시비에서 벗어날 수 있을까? 그렇지만은 않은 것 같다. 마광수 교수가 소설『즐거운 사라』로 인해 음란문서 유포죄로 구속되고, 서정주 시인이 친일문제와 관련해서 시의 진실성을 의심 받는 것도 같은 경우에 해당한다. 그렇다고 하면 허구적 창작물은 경계를 완전히 넘는 경우와 그렇지 않은 경우가 구분이 된다.

문학/예술 연구에서는 일반적으로 계몽된 사회와 그렇지 않은 사회의 기준을 허구(허위)의식으로 구분한다. 가령 신화적 인물과 실제적 인물을 혼동하는 경우가 실제로 역사에서 버젓이 자리하고 있다. 초기 제국주의가 만든 역사는 모두 이런 왜곡에서 비롯되었고 우리가 인류의 유산이라고 보는 호메로스의 서사시는 기원전 7세기에 진리였지만 17세기에는 허구로 판명되었다.

초기 역사학의 등장도 이와 무관하지 않다. 신화와 역사, 이야기와 역사를 구분하는 것이 그들의 과제였던 것이다. 그 이

후 소위 계몽된 사회에서 허구의식은 실제와 허구를 분명히 구분하는가? 그렇지만은 않은 것 같다. 1774년에 간행된 괴테의 『젊은 베르테르의 슬픔』에서 매우 재미있는 대목을 찾아볼 수 있다. 괴테는 이 소설에서 사람 이름과 장소에 대한 서술을 하면서 굳이 이곳은 실재하는 도시가 아니니 찾아가지 말라는 각주를 달아준다.

작가 이문열은 1986년에 쓴 『그대 다시는 고향에 가지 못하리』란 소설의 서문에서 "먼저 독자들에게 밝힌다. 이 작품의 기록성은 전적으로 부인하겠다. 모든 것을 픽션으로 받아들여주길 바라며, 소설의 주인공과 작가의 동일시는 철저히 사양하겠다."라는 말을 쓰면서 독자들의 허구의식의 부재에 대한 비판을 가하고 있다.

그 이외에도 우리는 영화로든 드라마로든 사극이 만들어질 때마다 역사왜곡에 관한 시비가 있어 왔다. 연산이 공길과 남색을 했다는 실록의 단 한 구절로 이전의 연산군에 관한 영화와는 판이하게 다른 플롯을 가진 〈왕의 남자〉는 일반적 시각에서는 역사를 많이 왜곡한 영화임에 틀림없어 보이지만 그것으로 인해 고소당했다는 말을 들어본 적이 없다.

사극이 예술인 한에서 그 사극의 작품성이 떨어진다는 비판을 받을지언정 작품이 역사를 왜곡한 것이라고 비판할 수는 없을 것이다. 김훈의 『칼의 노래』도 이순신과 배설을 다루고 있지만 그 또한 명예훼손 시비에 걸리지는 않는다. 이것은 마치 '원조교제'를 다루는 김기덕 감독의 영화 〈사마리아〉가 외설시비에 휘말리지만 누나와 남동생의 근친상간을 다루는 박찬욱 감독의 〈올드보이〉는 외설시비에 휘말리지 않는 이유와 같다. 박찬욱 감독이 지향하는 이야기는 상징계에 접점이 있지만 김기덕이 지향하는 플롯은 현실계에 닿아 있기 때문이다.

영화 〈명량〉 같이 이야기의 플롯이 약하거나 없는 경우, 즉 단순한 역사 나열은 예술성은 말할 것도 없고 상징계를 보여준 흔적이 전혀 없으므로 일반적 관객들은 그 영화를 역사와 사실성으로 받아들일 가능성이 크다. 다시 말해 『칼의 노래』에서는 이순신과 배설이 내면적 캐릭터로 작동하여 상상력을 가동하게 하지만, 〈명량〉은 설명하고 설득하고 규정하려는 태도를 가짐으로써 작품 속 인물들이 역사적 좌표를 갖게 한다.

저 역사적으로 유명한 『마담 보바리』 또한 외설시비에 걸렸다. 그런데 리노 검사의 기소 내용은 보바리의 '바람기' 때문이 아니라 플로베르의 문체, 즉 독자로 하여금 '바람기를 들게 하는 분위기'였다는 것을 감안할 때, 작가의 태도나 작품성이 〈명량〉의 명예훼손 시비의 단초가 될 수 있다는 것을 암시한다. 나도 문학/예술 작품의 자유로운 상상을 지지한다. 그러나 예술성이나 허구성이 뒷받침되지 않을 때는 이런 시비에 걸릴 수 있음을 작가와 감독은 알아야 한다.

이런 맥락에서 아리스토텔레스는 『시학』에서 우리에게 이런 충고를 한다. "사실이지만 믿을 수 없는 이야기를 하지 말고 사실이 아니더라도 믿을 만한 이야기를 하라." 〈명량〉이 허구라고 주장하지만 이야기가 원하는 것이 아닌 작가가 원하는 것을 표현하는 한, 허구적 예술성을 지향하고 있다고 보기 힘들다.

영화의 흥행을 위해 (그것이 비록 악의적인 의도라 생각되지는 않지만) 배설이라는 공공의 적을 만드는 것까지는 어쩔 수 없다 해도 그 플롯이 마치 조폭 이야기나 막장 드라마를 다루는 것과 같아서는 안 된다. 짐작컨대 이것이 배설의 후손을 오히려 화나게 만들었을 것이다. 허구의식이 확립된 후 키치Kitsch (저속하고 하찮은 예술품) 같은 예술품에 대해 관심을 두지 않는 서구의 예술적 독자나 관객은 이런 것을 문제 삼지도 않겠

으나 우리나라에서 이 문제는 이제 작품이 아니라 관객의 의식으로까지 확대된다. 만약 서구처럼 우리나라에 종손이나 조상숭배 의식이 활성화되고 있지 않다면 영화는 사자 명예훼손과 아무런 관계도 없을 것이다.

그러나 문화적으로 아직 자기의 뿌리나 친족관계, 조상의 기억(숭배)이 중요한 가치를 띤 나라에서는 영화가 전적으로 허구이며, 그러기에 사자 명예훼손과 관련이 없다고 주장할 수 없다. 그렇지 않다면 몇 년 전 출판되었던 가와시마 왓킨스의 『요코 이야기』 또한 역사 또는 기억 왜곡과 상관없이 그저 허구이자 예술적 작품이라고 인정해야 할 것이다.

역사가 허구를 통해 옷을 입고 허구는 역사라는 실제를 통해 강화된다는 점을 안다면 작가들은 반드시 예술성을 통해 경계 너머의 상징계를 표현하도록 해야 한다. 그것이 이야기가 원하는 것이고 곧 관객과 독자가 원하는 것이다.

03 영화 〈명량〉은
무엇이 잘못됐나?

영화 〈명량〉은 수많은 관객이 동원되었음에도 불구하고 수작이라곤 볼 수 없다. 그것은 이 영화의 스토리가 탄탄한 플롯을 필요로 하는 내러티브가 아닌 수사학적 요소들로 꾸며져 있기 때문이다. 플롯이 무엇인지 그리고 이 영화의 약점은 무엇인지를 진지하게 논의한다.

대체로 영화가 졸작이 아니라는, 또는 이 영화를 수작이라고 주장하는 사람들은 우선 관객의 수를 먼저 댄다. 1,700만이라는 관객이 〈명량〉을 보기 위해 극장으로 들어갔다는 것은 이 영화가 수작이라는 방증이라는 것이다. 다음으로 그들이 수작의 증거로 들이대는 것은 한 시간이 넘는 영화의 해상 전투 장면으로, 이것이 할리우드를 넘어선다는 것이다. 내가 보기에 이 두 관점 모두 일반적으로 예술의 가치를 평가하는 근대적 기준과는 거리가 멀다.

김한민의 영화 〈명량〉(각본, 소설 포함)은 문학에서 전근대적 가치로 여기는 화려한 수사를 CG로 부활시켰다. 말하자면 『일리아스*Ilias*』에서 찾을 수 있는 수사학이 이 영화에서도 보인다는 것이다. 그런데 많은 관객들은 (나도 포함해서) 그런 영화의 화려함으로 인해 영화를 잘 봤는데 남는 게 없다는 의견을 피력한다. 그렇다면 왜 이 영화는 관객들에게 아무것도 남는 것이 없게 만들었을까? 우리는 (나는) 그것이 알고 싶다.

이야기는, 거듭 말하지만 이야기성, 즉 내러티브narrative가 있어야 한다. 이런 측면에서 보면 영화 〈명량〉의 내러티브는 내러티브의 자격이 없는, 역사적 (또는 허구적) 사실을 늘어놓는데 급급했고 사실과 사실 사이를 연결하는 플롯이 미미하기 그지없다. 더구나 영화는 이순신의 '이순신스러움'에 주목하여 그에게 열광할 준비가 되어있는 사람들의 호주머니를 턴 것 같다. 내러티브의 자격이 없는 것은 바로 여기에 있다. 이순신의 '이순신스러움'이란 『일리아스』에 등장하는 영웅 아킬레우스의 '아킬레우스스러움'과 비견할만한 것이다. (나도 이순신을 존경한다.)

예술성의 측면에서 보면 영화 〈트로이〉에서 헥토르와 그의 아버지 프리아모스의 행동action idea이 훨씬 더 큰 감동을 준다. 그러므로 화려한 수사를 대신한 이 영화의 CG는 눈부셨다 하더라도 우리에게 아무것도 남긴 것이 없다. 내러티브가 아니라 영화는 수사, 설득, 설명, 논증 같은 것들로 가득 채워져 있기 때문이다. 그것을 대변하는 것들은 너무 많다. 해상 전투 장면 중의 백병전, 대도무문이라는 깃발을 든 왜장 같은 것들은 이순신의 이순신스러움, 즉 '두려움을 떨쳐 버리는 것'이 만드는 수사학의 소산이다.

영화의 이런 측면에 대해 진중권 교수는 어느 매체에서 '포르노'라는 말로 혹평을 했는데, 그는 이탈리아의 소설가이자 철학가 움베르토 에코가 말한 "소설이나 영화의 플롯 중에서 한 에피소드에서 다른 에피소드로 넘어가는 시간이 과도하게 긴 부분은 모두 포르노"란 말을 인용하기까지 한다. 에코가 말한 것은 아마도 포르노라는 말이 실제의 포르노라는 뜻이 아니라 포르노처럼 의미 없이 보여주기에 급급하다는 의미일 것이다. 우리나라에서는 〈괴물〉(봉준호 감독, 2006), 〈디 워〉(심형래 감독, 2007), 헐리우드에서는 〈라이언 일병 구하기〉(스티븐 스필버그 감독, 1998) 같은 영화를 꼽을 수 있다.

필자가 보기에 예술의 예술성, 예술의 현대성은 이런 '수사적 요소의 극복'이라는 지점에서 가능한 것이다. 근대의 소설들은 전통적인 수사학을 극복하고 근대적 이미지를 만들기 위해 여러 가지 노력들을 하고 있는데, 그중 하나가 아이러니를 통한 수사학의 극복이다. 아이러니는 특히 플롯을 구성하는 대표적 요인으로서 세르반테스의 『돈키호테』 모범을 따른다. 만약 세르반테스가 기사를 흠모하고 기사소설을 읽는 돈키호테를 영웅으로 만들었다면 그것은 김한민의 〈명량〉이라는 이야기처럼 되었을 것이다.

분分은 사라지고 명名이라는 허울만 좇았던 돈키호테가 얻은 것이 무엇인가? 그것이 바로 플롯이다. 그러므로 수사학적 이야기에는 사건의 나열(스토리)만 있을 뿐이다. 그러나 플롯은 스토리와는 구별되는 '의미 있는 무엇'이 있어야 하고, 동시에 내러티브가 있어야 하는데, 한마디로 이야기가 대비되는 사건의 구성과 변화를 통해 이 '의미 있는 무엇'이 되어야 한다. 필자는 그것이 빠져 있기 때문에 〈명량〉이 잘못됐다고 보는 것이다.

물론 영화 〈명량〉도 여러 힘들 사이의 관계라는 측면에서 플롯이 없지는 않다. 이순신과 원균, 이순신과 배설, 이순신과 구루지마와 같은 갈등되는 힘이 존재한다. 하지만 이런 갈등은 이미 관객들이 다 알고 있는 것들로서 새로운 플롯(변화)이라고 보기에는 미흡하다. 만약 김한민 감독(작가)이 전쟁에서 이기는 '이순신의 지혜'를 플롯으로 원했다면 어떻게 '명량' 해전에서 이겼는지에 대한 구체적인 이유들(인과관계)을 제시해야 한다.

가령 울돌목(전남 해남군 화원반도花源半島와 진도珍島 사이에 있는 해협)의 물살을 어떻게 이용했는지, 그 물살뿐만 아니라 다른 지략이 있었는지, 혹은 가설이기는 하지만 혹시 섬과 섬 사이를 철쇄로 이어놓고 배가 걸리게 했는지(이에 대한 역사적 자료가 있음), 판옥선板屋船(조선시대 명종 때 개발한 전투함)이 갖고 있는 선박의 강도로 왜선을 부수었다든지 하는 데 대한 고민의 흔적이 있어야 한다. 고민의 흔적이란 기존에 알려져 있는 방식이 아니어야 하고, 알려지지는 않았다 하더라도 진부한(유치한: 영화 〈명량〉은 여기에 해당함) 것이어서는 안 된다.

그런데 별로 역사적으로 신빙성이 없는 백병전이나 (신빙성이 있다 해도 백병전은 너무 많이 보아오던 일이다) 한 시간 내내 보여 준다든지, 다른 배 11척은 뒤에 머물러 있고 대장선에서 혼자 죽기를 각오하고(두려움을 이기고) 끝까지 버티니 이기더라는 식의 플롯이라든지, 백성들의 고깃배 수 척이 힘을 보태 소용돌이에 갇힌 대장선을 구한다든지, 적군인 구루지마와 와키자카가 서로 분열하여 전쟁에 졌다는 식의 플롯은 큰 틀에서 볼 때 플롯이라고 볼 수 없다.

다만 배우 류승룡과 조진웅의 분장이나 내면 연기는 각각 구루지마와 와키자카 역을 맡아 의외의 소득을 거두었지만, 이순신의 내면적 고통에만 관심을 두다 보니 그 외 인물들은 '이순신과 아이들'이라는 비판처럼 변두리로 밀려나 플롯상의 약점을 드러내고 있다. 또 이순신과 배설, 김억추 사이의 갈등구조라든지 그에게 무한한 신임을 보이는 장수와 병사들이 왜 그토록 그를 믿고 따를 수밖에 없었는지 등의 세부적인 이야기 또한 원인과 결과의 관계를 상상할 수 있을 정도로(플롯을 형성할 정도로) 분명하지 않고 누구나 이미 알고 있는 역사적 지식에 기댄 측면도 아쉽다.

〈명량〉의 대중성은 사실 우리가 처한 사회적 상황에서 온 것이 분명해 보인다. 세월호 사건과 정치가 '이순신 신드롬'을 만들어 냈고 거기에 기대어 마음의 위로를 받고 싶었던 관객들이 흥행에 지대한 영향을 미친 것은 부정할 수 없는 사실이다. 그러나 어디에도 '이순신 플롯' 말고 '김한민 플롯'은 보이지 않는다. 유명한 이순신 플롯을 김 감독이 수용했지 그의 머리에서 나온 창의적인 플롯이라고는 보이지 않는다. 그렇기 때문에 필자는 이 영화를 흥행에 성공한 꽤 잘 만들어진 '상업영화'라고 부르고 싶다.

이순신에 관한 영화나 소설은 앞으로도 계속 나올 것이다. 그때에도 이에 대한 작품성 논쟁은 계속될 것이고, 마찬가지로 신선한 플롯이 요구될 것이며, 그 플롯이 있어야 작품성을 갖춘 수작이 될 것이다. 단언컨대 그때까지도 김한민의 〈명량〉이 살아서 거듭 보고 싶은 작품이라면 그것은 명작임에 틀림없다. 〈러브스토리〉(아더 힐러 감독, 1970) 같은 영화가 고전이 되고, 언제나 한결같은 아니 또 다른 방법으로 감동을 주는 것은 이 작품이 내면적 플롯을 가진 밀도 있는 명작이라는 증거이다. 이야기 전체를 떠받치는 구조가 없는, 문제성 없는 이야기 〈명량〉은 호메로스 서사시에서 보여주는 수사학 이상도 이하도 아니다.

04 '이순신 신드롬', 어떻게 할 것인가?

진리가 불편할 때 우리는 환영을 좇는다. 그러나 그런 환영은 매력적이지만 오래 우리를 지켜주지는 못한다. 역사가 그렇다. 힘든 역사가 있을 때마다 어느 민족이든 영웅신화를 만든다. 그러나 마음과 육체에 안정을 가져다 주는 환영의 장점에도 불구하고 진리에 대한 무시는 한 민족의 미래를 어둡게 한다. 제3공화국 이후의 '이순신 신드롬'이 그렇다.

『삼국지』는 이렇게 시작한다. "정치로부터 그 원하는 바를 얻지 못하면 민중은 일쑤 종교적인 구원에 의지하게 된다." (이문열 평역, 28쪽) 비록 허구적 소설에 있는 말임에도 수천 년이 지난 오늘날까지 이 진리는 타당하다. 정말이지 우리가 지금 겪고 있는 후유증인 세월호 사건과 종교 집단 구원파, 그리고 영화 〈명량〉과 함께 등장한 이순신 신드롬은 바로 사람들이 정치로부터 그 원하는 바를 얻을 수 없기 때문에 발생한 일일 것이다.

그렇다. 어떤 진리가 우리들의 마음을 불편하게 할 때면 우리들은 어김없이 위안을 주는 환상이나 종교적 구원에 의지하게 된다. 이런 환상의 장점은 우리들을 근심스러운 일상에서 해방시키며 거추장스러운 정치적 아젠다에서, 또는 현실이 부여하는 마음의 짐에서 해방시키는 것이다. 그러나 진리에 다다르는 길이 험하다 하더라도 이런 환상은 인간을 결코 오래 만족시키지 못한다.

서양철학의 기원으로 꼽히는 『국가』에서 플라톤은 동굴의 비유 형식을 들어가며 이런 환상에 인간이 얼마나 경도되어 있는지를 보여 준다. 지하 동굴에 갇혀 있는 죄수는 자기가 대면하고 있는 동굴 벽의 거짓 환영(그림자)에 사로잡힌 나머지 스스로 동굴 밖으로 나올 생각을 하지 않는다. 죄수가 동굴 밖으로 나왔을 때 죄수는 그 태양 아래 펼쳐진 휘황찬란한 세계에 넋을 잃는다.

이제 그가 동굴에 다시 돌아와 다른 죄수들에게 동굴 밖의 세계에 대해 이야기하지만 그들은 비웃음과 빈정거림으로 이 죄수에게 대꾸한다. 말하자면 이들은 동굴 속 벽에 비친 환영이 거짓일 수 있음을 거부한 것이다. 다른 죄수들이 진리의 세계를 거부한 이유는 아무리 진리가 세상의 일을 올바로 알려 준다고 해도 그들의 마음과 육체에 즐거움과 안정감을 주지 못하기 때문이었다.

고대나 원시시대 제의로서 작동한 문학이나 예술은 현대에도 그런 제의의 역할을 하고 있다. 그림이나 음악, 무용, 그리고 영화 같은 것은 어쩌면 그런 제의적 몸짓의 보상이라고도 말할 수 있는 것으로 매우 필요한 일이다. 그렇기 때문에 영화 〈명량〉이 이순신이라는 인물의 환영을 만드는 것은 정치에 염증을 낸 사람들이 원시적 보호본능을 호소하는 매우 긴요한 일일 것이다.

프로이트가 주장하듯이 원초적 불안이나 성적충동이 없다면 우리들은 삶을 큰 문제없이 더 잘 영위해 갈 수 있을 것이고, 부르주아가 제공하는 환상의 이데올로기에 빠지지 않는다면 프롤레타리아 또한 노동의 즐거움으로 자족하면서 살아갈 것이다. 그러나 현세의 불행에 대한 보상으로 이루어진 환영은 그 한계를 가지는 법, 벌거숭이 임금님이 아무리 자기 환상에 머물러 있으려 해도 결국은 자신의 알몸을 드러내고 말 뿐이다.

역사도 마찬가지다. 역사 기술은 현재로부터 역사를 바라보는 '기억'이라는 해석 필터, 환영이라는 인간의 관점에 의해 굴절된다. 독자들 중 어느 누구도 역사가 독일의 역사학자 레오폴트 폰 랑케가 말한 대로 "있었던 그대로의 과거wie es eigentlich gewesen"를 그대로 재현할 수 있다고 믿지는 않을 것이다. 분명코 우리가 직시하는 역사 해석이나 역사 기술은 정치권력에 의해, 그리고 믿음과 이데올로기에 의해 좌우되고 있음에 틀림없다.

한 걸음 더 나아가 민중들이 정치에 염증을 느낀 나머지 전설과 신화, 예술적 환상을 좇는다면 진리는 외면되고, 그 결과 병자호란 이후 등장한 『박씨전』 같은 주관적 세계가 만들어질 수도 있을 것이다. 이렇게 영화나 예술이 우리가 환상을 믿게 만든다면 그것은 필경 플라톤이 의심스럽게 바라본 예술적 믿음이 우리가 객관적으로 인정하는 인식론을 능가하는 일이 될 것이다.

이런 맥락에서 본다면, 이순신의 관점에서 본 (가령 그의 난중일기를 토대로 본) 역사가 정론으로 자리 잡는 것은 객관적인 역사 기술로 보기 힘들 뿐 아니라 환영에 가까운 그 무엇이다. 물론 그가 민족을 고난에 처하게 했던 전쟁에서 이겼고,

이겼을 뿐 아니라 위대한 그의 행위가 한 민족의 정체성의 일부가 되었다 하더라도 그에 대한 과도한 환상은 역사적 진리가 아니라 환영에 가깝다.

　이것은 나쁜 경우에도 적용된다. 연산군 일기가 비록 연산군의 사후에 기록된 것은 맞지만 사초를 기록한 이가 연산군의 총애를 받았던 사람이거나 후환이 두려워 사초의 기록을 회피하였다는 점을 감안할 때, 이 일기(일반적으로는 실록이라 함)가 신빙성이 있거나, 랑케가 말한 대로 "있었던 그대로의 과거"는 아닐 것이다. 자신이 스스로에 대한 글을 쓸 때 그것을 우리는 자서전이라 한다. 역사가 자서전이 되지 않기 위해서는 객관적인 관점이 필요한 것이다.

　병자호란이 끝난 후, 인조는 청나라 황제에게 머리를 조아리며 대청황제공덕비(삼전도비)를 바쳐야 했는데, 후환을 두려워한 대신들이 서로 문장을 짓지 않기 위해 피하고, 결국 그 일은 이경석이 맡게 되었다. 그렇다면 그는 역적인가, 아니면 충신인가? 그리고 그가 쓴 비문은 분명 홍타이지의 완력에 의해 지은 것일진대 글을 쓴 조선인(왕)의 진실성을 담보할 수 없을 것이다.

그런데 왜 우리 역사는 이순신 같은 영웅의 역사에만 집중하고 그런 치욕적인 역사는 감추려고만 드는가? 이것이 아마 편향된 역사 환영을 부추기고 있지 않은지 반성해 보아야 한다. 한 걸음 더 나아가 우리는 역사 기술의 권력으로부터 역사를 있는 그대로, 즉 객관적으로 복원하려고 노력하여야 한다. 내가 하면 사랑, 네가 하면 불륜, 그가 하면 스캔들이라는 말이 있듯이 역사를 해석할 때 내가 하면 학문, 네가 하면 정치적 신념, 그가 하면 이데올로기라는 수렁에서 벗어나야 한다.

그렇게 되면 우리는 역사 해석의 피안, 즉 어느 것도 말한 대로, 쓰인 대로 믿을 수 없다는 역사 저편의 언덕에 도달할 수 있다. 그렇다면 이순신과 와키자카, 이순신과 원균, 이순신과 선조, 이순신과 배설의 역사도 이데올로기의 함정이 만들어 놓은 틀에서 벗어나기 위해 어떤 방법으로 역사를 해석해야 할지 문제성을 지닌 일이라 할 수 있다. 먼저 제시할 방법은 역사를 이념적 해석이 아닌 흔적이라는 측면에서 재구성해야 한다는 원칙이 있다.

사료가 다른 사료와 결속력Coherence이 있는 경우에만 진리로 받아들여야 한다. 그리고 어떤 힘에 강제된 역사는 진실성을 의심받을 수 있으며, 이 경우 반드시 회귀하여 억압의 흔적을 보존한 반기억Counter-Memory이 존재할 수 있다. 역사 해석은 그 억압된 회귀의 흔적을 진리의 후보로 받아들이려는 노력이 필요하다. 가령 『난중일기』에서 배설이 도망갔다는 기록이 있다면, '왜 이순신은 그를 잡아들일 노력을 하지 않았는가?'란 명제와 어떤 진리의 결속력을 생산해야 한다.

니코스 카잔차키스의 장편소설 『그리스인 조르바』에는 이와 관련한 좋은 예가 나온다. (이윤기 번역본, 52쪽) "크레타의 여인들은 낯선 남자를 보면 돌연 방어 자세를 취하고 손가락은 블라우스 섶을 꽉 움켜잡는다."라는 서술이 있다. "사라센 해적의 침범을 받은 나라의 사람들에게 찾을" 수 있는 기억의 흔적이다. 분명 위안부 과거가 부끄러운 일임에도 과감히 상처를 말하는 위안부 할머니들이 있다면, 이것은 강제된 성노예의 흔적을 간직하고 있다는 뜻이다.

조청전쟁 이후 우리말에 "화냥년"이라는 말이 만들어졌고, 그것이 나쁜 뜻으로 사용된다면 그 또한 어떤 왜곡된 진리를 간직하고 있다고 할 수 있다. 이쯤 되면 한 사람만 영웅이고 다른 모두는 역적이나 배신자라는 환영에서 벗어나야 한다. 원균이나 배설, 김억추 모두 조선인이고 우리가 버릴 수 없는 역사의 담지자이기 때문이다. 나아가 권률, 김덕령, 김시민에 대한 재평가도 이루어져야 한다.

그들의 업적을 무조건 기리거나 폄하하는 대신, 그 업적이 반대편의 주장을 통해 변증법적으로 객관적 진리가 될 수 있는지 평가해 보아야 한다. 그들이 무능했는지, 모함을 했는지, 해전에서 물러섰는지, 도망갔는지, 그리고 전쟁에서 작전상 후퇴를 했는지, 권력 투쟁과 이념 논쟁에서 희생이 되었는지, 이 모든 것을 환영이 아니라 진리에 따라 평가해야 한다. 지하 동굴 감옥에 있는 다른 죄수들처럼 비웃음과 빈정거림으로 역사적 진리를 바라봐서는 안 된다.

놀랄만한 역사왜곡이라고 볼지 모르지만 조일전쟁에서 일본이 평가하는 우리 쪽의 장수는 이순신이 아니고 진주 목사 김시민이다. (일본 위키피디아) 또한 일본에서는 이순신의 초상肖像이 야만적인 영웅처럼 그려져 있는데 우리 기억사는 오랫동안 이순신의 모습을 자연적인 영웅(원래 영웅은 번덕스럽고 야만적이다)의 모습보다는 그의 인품이 가지는 덕성과 그가 겪은 수난, 그리고 승전이라는 업적을 중심으로 이루어져 있다.

그리고 세계의 어떤 표현에도 없는 성웅(聖雄=성인聖人+영웅英雄?)이란 말을 만들어 냈다. 그런 환영을 만들어 낼 때는 반드시 정치적 불안이나 불만이 있었을 때이다. 물론 정치가와 민중은 서로 그런 인물을 원한다. 이렇게 한쪽이 다른 쪽의 역사를 탈루하고, 또 다른 쪽에서도 왜곡하는 것이 정상이다. 위안부 문제로 인한 일본과 전세계(유엔)의 기억 전쟁을 보라. 일본이 강제성을 동원할 수 없다고 보는 그곳에 유의미한 억압이 있다고 상정할 수 있다.

그러므로 당시 전투에 참가한 적들의 평가도 조일전쟁을 해석하는 데 중요한 역할을 해야 한다. 필자도 이순신을 존경하지만 (그의 어머니는 놀랍게도 나와 같은 본을 쓰는 초계 변씨다) 다만 그가 훌륭하기 때문에 원균과 배설, 김억추 등이 무조건 역적이나 배신자, 도망자라는 역사관은 바람직하지 못하다.

어느 나라든 자기들의 역사가 객관적 역사 기술이라고 주장하고 어느 집단이든 자신의 조상이 훌륭한 치적을 거두었다고 주장할 것이다. 그러므로 사실상 어느 정도의 역사 주관화는 피할 수 없을 것이다. 대부분 근대화를 빨리 이룬 국가들이 시도한 역사의 신화화, 영웅화는 우리가 이미 알고 있는 부분들이다. 그러나 만약 독일의 계몽주의 학자이자 문학가인 레싱이 유대인 학자인 멘델스존에게 선민의식을 비판하였듯이 ("왜 너희들 유대인들은 모든 이들이 선한가?") 영웅은 어떤 잘못도 없고 도덕적으로 선하고, 영웅이 아닌 사람들의 잘못된 행위나 전술로 인해 그 사람과 그 후손 전체가 손가락질 받는 사회는 바람직하지 않다.

대화, 관용, 용서가 이 시대의 대세라면, 퇴계라는 인물이 진성 이씨만의 선조가 아니듯 전쟁에서 패배한 조상도 그들만의 선조가 아니다. 가급적 우리는 역사적 사실에서 어느 가문이 역적이며, 어느 가문이 벼슬을 많이 했느냐를 구할 것이 아니라 역사에서 무엇을 배울 것인가를 궁구해야 한다. 영국의 소설가이자 평론가 토인비는 말했다. "역사적 실패의 절반은 찬란했던 시대에 대한 기억에서 비롯됐다."라고.

이제 글을 마치고자 한다. 역사 수업을 한다는 것은 역사 교과의 부활을 의미하지 않는다. 최근 들어 한국사(국사, 국어 대신 한국사, 한국어로 쓰자!)에 대한 관심이 증가하는 것은 다행한 일이기도 하다. 역사물을 예술로 만들고자 했던 〈명량〉 같은 영화가 나오는 일도 좋은 일이다. 그리고 최원정 아나운서,

신병주 교수, 류근 시인 등이 출연해서 역사에 대해 재미있는 멘트를 날리고 시시덕거리는 그런 방송프로그램 같은 것도 좋다. 그러나 역사는 코미디가 아니다. 그리고 허약하기 짝이 없는 민중들에게 진리의 모습만으로 역사를 가까이 가게 할 수도 없다.

자칫 이런 영화, 이런 환영들이 부메랑처럼 되돌아와 민중들을 다시 역사에서 등을 돌리게 할 수도 있다. 같은 맥락에서 독일의 학자들은 이렇게 말한다. "학생들을 교화하지 마라. 주입식 교육을 하지 마라. 교사의 생각을 강요하지 말라. 사회에서 논란이 되는 것은 수업에서도 논란이 되어야 한다." 영웅의 환영을 좇다가 진리를 놓칠 수는 없다. 『삼국지』의 두 번째 문장은 이렇게 말한다. "생각이 밝은 치자治者는 민중의 지나치게 종교에 빠져드는 것을 기뻐하지 않고 헤아림이 깊은 식자識者는 오히려 그걸 걱정한다."

05   우리는 노벨문학상에 얼마나 근접해 있나?

파트릭 모디아노(2014년 노벨문학상 수상작가)에게 물어본다

노벨문학상에 대한 염원이 가득하다. 그러나 이 메시아를 우리는 그냥 기다려서는 안 된다. 어느 날 올지도 모를 노벨문학상을 수상하기 위해 우리는 어떤 노력을 해야할지 살펴본다. 이제 우리는 작가들에게 민족주의적인 관점이 아니라 문학내재적인 관심을 가져야 한다. 노벨문화상(그런게 있다면)이어서도 안 되고, 노벨평화상이어서도 안 될 노벨문학상의 전제 조건은 무엇일까?

왜 우리는 여태 노벨문학상을 받지 못했을까? 모디아노의 문학은 어떤 자격을 갖추었기에 노벨상을 수상한 것일까? 그리고 우리는 "노벨문학상에 한국문학이 굉장히 근접해 있다"(이문열)라는 말만 믿고 있어도 좋은가? 상을 받으려면 당연히 작품들이 심사하는 사람들의 언어로 번역되어 있어야 한다. 하지만 서구 사람들에게 우리 문학은 당연히 번역할 수 없는 표현의 차이가 존재한다. 노벨상을 심사하는 심사위원들이 스웨덴의 지식인들이므로 그들이 읽어 보아야 상을 줄 수 있을 것 아닌가. 그러나 이것만이 수상 못하는 이유가 될 수는 없을 듯하다.

그렇다면 이번에 수상한 프랑스의 작가 모디아노는 노벨문학상의 기준이 무엇이라고 생각할까?

추측컨대 필자는 당연히 먼저 문학의 부정성을 꼽겠다. 프랑스 소설가 앙드레 지드는 "좋은 감정으로 좋은 문학이 되는 것은 아니다."라고 말한 바 있다. 수사적이고 아름다운 언어로는 번역도 어렵거니와 번역하면 의미가 퇴색하고, 나아가 그런 구태의연한 스타일로 노벨상을 받을 수는 없다. 어느 날 아침 고등학생인 필자의 아들은 모디아노의 작품을 꺼내 들고 읽더니 곧 포기하고 말았다. '어렵다'는 말만 남긴 채. 우리가 하고 있는 말은 우리가 의식한 것만을 포함하고 있지 않다.

모디아노의 작품은(예를 들어, 『어두운 상점들의 거리』) 말하지 않는다. 말하는 것은 위장되어 있거나 뒤에 가서야 알 수 있는 구조로 되어 있어서 말한 것에 대해서만 배우는 한국의 학생들은 그 소설을 이해하기 매우 힘들다. 내용은 쉬운 일상적 언어로 쓰여 있다. 그럼에도 그 언어가 이루는 전체적 구조는 함축적이고, 의식의 배경에서 작동하는 무의식에 기반한다. 그리고 대화와 플롯은 비약, 생략, 증후, 중의, 상징의 언어로 구성되어 있다. 이런 부정성을 담보하는 문학이 되지 않는 한 노벨상 수상은 힘들다.

그 다음으로 내면성을 꼽을 수 있다. 북구의 사람들은 남구
의 사람들보다 내면성이 훨씬 강하다. 물론 유교적 도덕 정치
를 지향하는 아시아권 사람들과 비교해서는 말할 것도 없다.
보이지 않고 만질 수도 없는, 그럼에도 분명히 존재하는 내면
성은 문학에서 중요하게 여기는 가치이다. 우리 사회의 문학은
외면적 가치에 집중하므로 말할 수 있는 것은 다 말한다.

그러나 어떤 외적 가치를 전달하려 들고 설득하려는 태도는
모디아노와 같은 문학의 수준에 이를 수 없다. 작가는 독자 스
스로 판단하고 느낄 수 있도록 개방적인 자세를 가져야 한다.
그래야 독자가 자발성을 가지고 문학에 함몰될 수 있다. 과연
우리나라의 작가(시인)들이 '저자의 죽음'이라고까지 말하는 이
런 문학 풍토를 지향하고 있는지 자못 궁금하다. 모디아노의
작품들은 그런 내면성의 발로이다.

세 번째, 새로운 언어가 필요하다. 특수한 사건에 비치는 (가
령, 모디아노의 인물은 기억상실증에 걸린다) 보편적인 세계
(정상적인 사람이라도 과거의 기억이 얼마나 낯설게 여겨지는

가)를 그려내어 세계 어느 나라 사람도 공감할 수 있는 언어를 창출할 수 있어야 한다. '작품은 팔려야 한다'는 기치 아래 통속성과 오락성을 목표로 한 작품을 쓰는 풍토에서는 노벨문학상이 나올 수 없다.

물론 오락성을 동반한 마르케스, 파스 같은 로마어권 작가들도 있지만 그들의 새로운 언어 또한 만만치 않다. 모디아노가 쓴 작품들은 이미 본인의 선배 프루스트가 만들어 놓은 기억이라는 주제(기억은 더 이상 전지전능 시점으로 파악할 수 있는 인과적인 어떤 것이 아니다)를 더 첨예화하여 전대미문의 새로운 글쓰기 형식을 고안하였다. 한마디로 작가/시인은 새로운 언어 구조를 만들어야 한다.

네 번째, 문학적 자유를 꼽을 수 있다. 임마누엘 칸트는 『판단력 비판』에서 고전적 미학의 기준을 이야기했는데, 그중 하나가 예술 작품은 이해관계에서 벗어나야 한다고 말한 것이다. 독일 철학자 아도르노는 이를 "봉사하는 예술"이라고 좀 더 쉽게 설명하였는데, 말하자면 신이나 귀족에게 바치거나 경제적인 목적(광고)을 둔 것은 예술 작품이 될 수 없다는 뜻이다.

이런 관점을 좀 더 광범위하게 본다면 이념적인 요소를 지니거나 특별한 가치를 설득하려는 작품은 노벨문학상의 자질에 부합하지 않는다. 엄밀한 의미에서 모디아노의 작품도 어느 정도 이념을 내포하고 있다. 그러나 그것은 드러나지 않는다. 그것이 드러나면 고급 독자는 불쾌감을 가지게 된다. 왜냐하면 윤리학과는 달리 문학은 가르칠 수 없는 자유를 겨냥하기 때문이다.

그렇기 때문에 우리가 보기에는 큰 이념이 아닐 것 같이 보이는 라 퐁텐의 우화나 이솝 우화, 시조 같은 장르가 포함하고 있는 설득은 엄밀한 의미에서 문학이 아니다. 한국의 아동문학 작가들이 독자들에게 강요하고, 교화하려는 태도들은 모디아노가 쓴 동화, 가령 『우리 아빠는 엉뚱해』같은 것에 비교하면 『소학』이나 『격몽요결』에 가깝다. 『나쁜 어린이표』에 나오는 주인공이 '나쁘다고 생각하는' 선생에게 공대하는 내용을 담고 있는 경우처럼 자유를 억압하는 경우는 없다.

이 모두 봉사하는 예술에서 벗어날 수 없기 때문이다. 성인 문학도 마찬가지다. 노벨상 후보로 거론되는 고은, 황석영, 이문열 같은 시인, 작가들에게서는 이념이 드러나고 무엇을 가르치려는 듯한 작위가 있다는 느낌을 지울 수 없다. 작가는 사회의 리더가 될 수 있지만, 작품은 숭배, 설득, 논증, 설명 같은 일체의 것을 거부한다.

　다섯 번째, 이야기의 주제성을 꼽을 수 있다. 노벨문학상은 자기만의 고유한, 가능한 세계를 창출할 문학적 전략을 요구한다. 근래의 수상자들이 다룬 소재를 보면, 나치 치하의 유대인이라든가, 문화 혁명 속의 고난당하는 인물이라든가, 이슬람과 서방의 충돌 같은 소재들을 다루고 있다. 하지만 이들은 엄밀한 의미에서 그런 '사건'을 다루지 않는다. 그보다 그런 사건에 연루된 '문제성 있는 인간들의 존재론적 정황'을 다루고 있다. 우리에게도 당연히 그런 굵직한 세계사적 고난은 있었다.

　'위안부를 통해 본 일본제국주의', 'DMZ를 사이에 둔 유일한 분단국가', 'IT강국이 됨으로 아바타가 된 인간' 같은 굵직한 담론들이 많다. 그러나 그런 상황에서 상실되어 간 인간성의 흔적이나 의도하지 않는 기억을 모디아노처럼 묘사하지 않고, 『광장』처럼 이데올로기가 드러나게 해서는 안 된다. 근래 우리나라도 이런 관점을 충족시키는 2세대 노벨문학상 후보들이 보이기 시작한다.

이제 남은 문제는 하나다. 작가들이 우리나라의 독자만 겨냥하지 않고, 서방이나 심지어 아프리카, 남미 같은 데서도 읽힐 수 있는 인류보편적인 정서와 이야기를 써야 한다는 점이다. 오르한 파묵처럼 프랑스의 콩쿠르 상이나 미국의 퓰리처상 같은 상을 받는다면 좋은 일이 될 것이다. 미래에 노벨문학상을 받게 될 후세대들을 위한 문학상은 더욱 중요하다. 콜더컷 상, 안데르센 상 등은 노벨문학상의 시금석처럼 중요한 상들이다.

도덕과 현실의 경계 넘기가 문학이 부여한 자유라면 우리 문학 또한 그 틀을 벗어나려고 부단히 노력해야 한다. 스탕달은 문학이 행복이 아니라 "행복의 약속"이라고 말한 바 있다. 그것은 현실이 우리를 구속하기 때문에 그것을 넘어서는 상상력과 자유로운 심상을 통해서만 인간이 자유와 행복에 이를 수 있다는 뜻이다. 이제 우리는 한국 문학의 감정 언어가 번역하기 힘들어서 노벨문학상을 받을 수 없다는 말을 해서는 안 된다.

그리고 서양어로 번역이 많이 안 되어서 노벨문학상을 타지 못한다는 말도 해서는 안 된다. 좋은 작품을 쓰면 당연히 번역하는 사람도 늘어날 것이다. 이제 우리는 작가들에게 민족주의적인 관점이 아니라 문학내재적인 관심을 가져야 한다. 만약 그런 게 있다고 한다면 노벨문학상은 노벨문화상이어서도 안 되고, 노벨평화상이어서도 안 된다. 인기에 연연하지 않고 작품성을 갖춘 작가들이 태어나길 기대하며 나는 세례 요한처럼 모디아노에게 다시 물어본다. "오실 그이를 당신은 아시오니까?"

06 경쟁의
역설

우리는 경쟁의 신화 속에 살고 있다. 그러면서 경쟁을 당연한 것으로 받아들인다. 수능시험이 그렇고 성과급적 연봉제가 그러하며 대학의 법인화가 그렇다. 그러나 경쟁이 효율과 성과만을 가져온다는 확실한 믿음은 경쟁의 역설을 포함하고 있다. 비타민과 미네랄은 없고 당도만 높은 사과, PISA에서 1등 하는 나라가 청소년 자살률도 1위인 나라인 것을 망각할 때가 많다.

내 아들도 한때는 성적 상위권에 들었었다. 그때만 해도 이런 희망이 가져올 공포에 대한 생각은 조금도 할 필요가 없었다. 그러나 학년이 높아지면서 나는 더 좋은 성적을 요구했고, 주위에 더 많은 경쟁자들이 있음을 의식시켰다. 그러나 막상 아들은 성적에 대한 두려움으로 거짓말을 했고 결국 마지막 시험이 가까워지자 마음은 초조해져 마침내 모든 것을 포기하고 말았다. 경쟁의 역설이다.

내 친구는 아들이 PC게임에 중독되어 그 게임을 막기 위해

몰래 카메라를 설치하고 감시했다고 한다. 그러나 그 아들이 PC를 멀리하기는커녕 결국 아버지와의 갈등을 계기로 폭력에 휘말려 학교를 그만 두게 되었단다. 그 아들을 대하기가 싫었던 아버지는 할 수 없이 아이를 미국으로 보내 커뮤니티 칼리지에 입학시켰다. 그곳에서는 경쟁 상대가 약하니 성적이 좋을 수밖에 없었고 결국 명문 대학에 진학할 기회를 얻었단다. 경쟁을 시키면 더욱 잘 될 것 같아도 이렇게 오히려 경쟁이 없는 데서 더욱 잘 되는 현상, 그것이 경쟁의 역설이다.

2014년 가을, 1년 전 잘못된 수능 지리 문제 때문에 말들이 많았다. 그 문제 하나로 많은 학생들의 운명이 바뀌었다면 이것도 또한 경쟁의 역설이다. 문제 하나로 운명이 바뀌는 나라가 얻는 것은 무엇일까? 사실은 대학 교수인 나도 경쟁에 시달리고 있다. 내가 속해 있는 단과대학에서 1명만 받을 수 있는 S급은 적어도 1년에 논문을 12편은 써야 한다고 한다. 그런데 나는 이런 경쟁이 있기 전에 정말이지 10편 정도를 쓴 적이 있다. 물론 나이가 더 들어 그때보다 생산성이 낮아졌다 하더라고 지금 그렇게 쓰고 싶은 마음이 없다.

연구 자체가 재미있고 그 연구에 보람을 느끼지 못하기 때문이다. 이젠 그런 사람을 보면 그저 강 건너 불구경하는 식이다. 그러면 S급을 받는 교수는 창의적인 논문을 쓸까? 그렇지는 못하다. 양에 집착한 나머지 대체로 주제를 비슷한 것으로 잡든가 아니면 자료를 재탕하는 경우가 허다하다. 대체로 오랜 시간을 필요로 하는 창의적인 분야는 S급을 받을 수 없다.

그럼에도 불구하고 대학들은 일률적으로 경쟁을 도입하고 경쟁만이 학교가 살아남는 길이라고 역설한다. 수능시험이 그렇고 성과급적 연봉제가 그러하며 대학의 법인화가 그렇다. 영국의 신문과 홍콩의 신문들이 대학을 평가하기 시작하더니『중앙일보』, 『조선일보』가 가세하고 이젠 아예 대학이 연구와 교육보다는 매스컴의 평가에 맞추느라 혈안이 되어 있다. 대학과 대학의 교수가 이렇게 경쟁을 하는 동안 학생들은 최저 수준의 교육을 받을 수밖에 없다.

연구에 대한 경쟁력만큼 교육에 대한 경쟁력을 고려하지 않기 때문이다. 교수가 논문 쓰느라 연구할 시간이 없고, 연구하느라 책 읽을 시간이 없다는 말만큼이나 학생들은 창의적인 수업을 받을 시간이 없다. 좋은 학습이란 교수의 헌신적인 노력의 결과로 나올진대 1년에 12편의 논문을 쓰는 교수에게서 어떻게 헌신적인 수업을 기대하겠는가? 진자 운동을 설명하기 위해 미국의 한 물리학 교수는 자기 몸을 강의실 천장에 매달아 흔들어 보이는 노력을 하고 미국의 노예 이동을 연구한 역사학자가 작은 상자에 몸을 싣고 수십 시간 기차에서 체험을 하는 일을 어떻게 감행하겠는가?

독일 속담에 "잔디를 잡아당긴다 하여 잔디가 더 빨리 자라는 것은 아니다."라는 말이 있듯이 『맹자』의 공손추 편에도 채소를 빨리 자라게 하려고 밭에 가서 채소를 잡아당겨, 결국 채소가 말라죽게 하였다는 어리석은 농부에 대한 이야기가 나온다. 우리는 경쟁이 가져오는 역설적 결과에 대해 늘 운으로 돌리려는 버릇이 있다. 경쟁은 과연 효율과 성과를 가져오는 마법일까? 몇 해 전 박지성이 영국의 프리미어리그 QPR에 있을 때 팀 동료였던 타랍이라는 공격수가 있었다. 제법 침투력도 좋고 득점력도 좋았다. 그러나 언제든지 혼자 골을 넣으려 하다 보니 경기를 망치는 경우가 허다했다.

혼자서 골을 넣으려 했기 때문에 이 팀은 좋은 선수가 있음에도 하위를 면치 못했다. 박지성이 맨체스터 유나이티드에서 동료 간의 협동으로 맨유의 레전드가 된 경우와 정반대가 되는 사례이다. 경기에서는 협동이 무엇보다 중요하듯이 대학 또한 협동이 매우 중요하다. 한 세미나를 충실히 성취하기 위해 독일의 대학에서는 여러 사람들이 각자의 분야에서 다양한 주제로 협동하는 것을 망설이지 않는다. 우리처럼 같은 나이에, 같은 문제로 그것도 주관식이 아닌 천편일률적인 객관식 문제로 경쟁하지 않는다.

마거릿 헤퍼넌의 『경쟁의 배신』이라는 책이 있다. 이 책에는 그 유명한 벨연구소에서 사기극을 벌인 '얀 헨드리크 쇤'이라는 사람의 이야기가 나온다. 쇤은 초전도와 나노기술 분야에서 뛰어난 성과를 쏟아내기 시작하여, 사이언스와 네이처에 논문을 올렸고 순식간에 벨연구소의 영웅이 됐다. 그러나 그의 연구는 다른 학자들이 재현할 수 없었고 결국 황우석 교수처럼 사기극으로 판명 나게 되었다.

연구실적을 올리기 위해 같은 데이터를 속였고, 그 연구실적은 벨연구소가 경쟁을 시킨 결과라는 것이 밝혀졌다. 그것이 윗사람의 소망이었는지 자신의 욕구인지 그것은 중요하지 않다. 경쟁이라는 것은 결국 한 사회를 몰락하게 할 수도 있다. 그런데도 우리는 왜 경쟁에 열을 올리는 것일까?

찰스 다윈은 공작새를 보고 미칠 뻔하였다. 일반적으로 저런 화려한 꽁지깃을 가진 새는 아무리 짝짓기를 위한다고 해도 천적의 눈에 띄어 위험에 처하기 마련이다. 그렇다면 이런 꽁지깃을 가진 새는 멸종했어야 했는데 아직도 존재하다니, 다윈이 받은 스트레스를 가히 짐작하고도 남을 일이다. 신이 만든 세상은 (그렇다고 나는 창조론자는 아니다) 다양성이 있다.

부지런히 일하는 개미가 있고, 놀기만 하는 베짱이도 있다. 얀 헨드릭 쇤이라는 사람처럼 야망이 가득찬 사람도 있고 지능지수 80으로 예일 대학의 교수를 하는 사람도 있다. 사람들의 재능이 다양한 것처럼 성격도 다양하다. 그런 세상이 아름다운 만큼 경쟁은 천편일률적으로 이루어질 수도 없고, 이루어져서도 안 된다. 자폐증이지만 천재적인 음악가도 있고, 나이 들어서 천재성을 발휘하는 사람도 있다. 소위 말하는 패자부활전이 없는 경쟁은 무의미한 경쟁이다.

그런 경쟁 때문에 한국의 수능은 거의 무의미한 시험이 되고 말았다. 아무리 미국의 SAT가 객관적인 문제를 낸다고 해도 배워야 할 것을 배워야지 그런 시시한 평가 제도를 배우는 것은 매우 잘못된 일이다. 유럽의 (프랑스와 독일의) 주관식 논술 문제로 시험이 전환되지 않는 이상 한국의 대학은 미래가 보장되지 않는다. 누군가가 정한 카테고리를 하나 골라내는 사람에게서 우리는 창의성을 기대할 수 없다.

음악과 미술, 체육과 철학을 가르치지 않는 학교에서 창의적 인재를 기대할 수 없다. 그런데도 우리는 왜 이런 고질적인 문제를 개선하지 않고 지속하는가? 그것은 평가를 하기가 어렵다는 이유에서이다. 주관식 논술을 누가 평가할 것이며, 그 객관성을 누가 보장할 것이냐는 식이다. 그러나 잘 들여다보면 그것은 결국 변명일 뿐이며 실제로는 경쟁을 시키고 그 경쟁에 책임을 지지 않으려는 교육 마피아들의 전략일 뿐이다.

뺑뺑이 돌리듯 학생들과 교수들을 경쟁에 내몰면 학생들과 교수들은 우선 교육부나 국가의 정책에 불만을 제기하지 않을 것이다. 학생들에게 시험 성적으로 경쟁을 시키면 시험 점수를 잘 얻기 위해 수업에 일체의 이의를 제기하지 않을 것이다. 그러면 학생들과 교수들은 창의성을 잃을 것이고 결국 한 나라의 교육은 망가지고 만다. 단순화하고, 계량화하고, 수치화하라. 연봉은 얼마 받고, 서열은 몇 위이며, 인간의 수명을 몇 살까지 연장하고, 과일의 당도는 얼마나 되느냐를 경쟁시키는 동안 인간성과 개성, 삶의 질, 과일의 영양가는 무시되고 만다.

아프리카인의 삶을 위해 평생을 희생한 고 이태석 신부 같은 분은 없을 것이며, 하나의 세계를 탐험하기 위해 전 재산을 팔아 바다를 건너고 산을 오르는 훔볼트 같은 과학자는 없을 것이다. 오로지 비타민과 미네랄은 없고 당도만 높은 사과, PISA에서 1등 하는 나라가 청소년 자살률도 1위인 나라가 될 것이다. 이것이 경쟁의 역설이다.

07 내가 아반테 광고를
참을 수 없는 이유는?

현대를 사는 우리는 예술 작품보다 더 자주 광고와 광고 카피를 보게
된다. 그래서 광고도 이젠 거의 예술 작품과 같은 위치를 차지한다. 예술
작품이 상상력으로 이루어진 이상 광고도 이미지나 스토리텔링, 음악적
정조와 같은 예술 수단을 이용한다. 그런데 이게 웬일인가? 아직도 구태
의연한 광고 전략을 쓰고 있다니!

한국의 광고를 보다보면 답답한 마음을 금할 길이 없다. 내
가 광고 전문가는 아니지만 가끔씩 아마추어적 관점으로 보더
라도 이것은 아닌데, 하는 생각을 들게 하는 광고가 있다. 예를
들면 2014년 하반기 한 신문에 실린 아반테(현대차) 지면 광고
가 그렇다. "잘 들었습니다 새로운 아반테로 답하겠습니다"라
는 카피를 써 놓고 귀를 그려 놓았다. 귀 주변에는 고객들의
주문을 작은 글씨로 써 두었다. 그런데 '잘 들었다'는 말을 표현
하기 위해 귀를 그릴 필요가 있을까? 소비자들을 위해 광고 지
면에 자동차의 육체적 이미지를 싣는 것은 어쩔 수 없다 하더

라도 카피("들었습니다")와 이미지(귀)가 중첩되는 것은 불필요한 일인 듯하다.

　이것은 마치 국밥집 간판에 소를 그려 놓고, 카페에 커피 잔을 그려 놓고, 마늘 광고탑에 마늘을 그려 놓은 것과 같다. 대체로 이런 광고를 하는 광고주는 많은 고객을 기대할 수 없다. 그 이유는 무엇일까? 자동차를 구매하거나 음식을 먹는 사람은 그 광고에 포함된 기호를 보고 상상을 하는데, 아반떼 광고나 소 그림이 든 국밥집 간판은 상상 공간을 만들지 못하기 때문이다. 어느 누구도 애인을 보고 있으면서 애인을 상상하지 않는다. 어느 누구도 북한산을 보고 있으면서 북한산을 상상하지 않는다.

　그렇다면 어떻게 해야 인상적인 광고를 만들 수 있을까? 나는 작가도 아니고 예술가도 아니며 광고 카피라이터도 아니기 때문에 말할 수 없다. 설령 말한다 해도 유치하게 귀결될 가능성이 높다. 그러나 한 가지 원칙만은 분명하다. 아반떼 광고의 경우, 귀 이외의 다른 어떤 것을 그려도 귀를 그리는 것보다는 낫다. 차라리 세이렌의 유혹을 막기 위해 밀랍으로 귀를 막은 오디세우스의 선원들을 그리는 것이 낫겠다. 마늘 광고도 마찬가지다. 김치를 그려도 좋고, 스파게티, 국수를 그려도 좋지만 제발 마늘만을 그려서는 안 된다.

국밥집이나 식육 식당도 소 그림이나 돼지 그림만 그리지 않으면 그 어느 그림이 들어가도 좋다. 시골 정자를 그려도 좋고 이팝나무를 그려도 좋다. 카페도 마찬가지다. 커피 잔이나 원두의 그림 이외에 어떤 것을 그려도 좋다. 아이스크림을 그려도 좋고, 탐험가의 얼굴을 그려도 좋다. 스타벅스라는 이름은 소설 『모비딕』에 나오는 커피를 좋아하는 일등항해사 이름 스타벅에서 유래하고, 브랜드 로고는 오디세우스를 미망케 한 세이렌의 형상을 담고 있지 않은가! 이 로고 때문에 커피를 좋아 하지도 않는 내가 얼마나 스타벅스를 들락거렸는지 모른다. 사실 나는 거기에 가서 커피가 아니라 페리에(광천수)를 더 많이 사 마셨다.

그러면 왜 이런 문제가 발생할까? 그것은 인간의 미메시스(모방) 능력의 발달과 관련이 있다. 인간의 모방 능력은 이탈리아의 과학자 리촐라티가 발견한 '거울 뉴런'과 관련이 있는데 그가 실행한 몇 가지 실험과 관련된다. 원숭이가 땅콩이나 바나나를 그냥 보기만 하면 뉴런이 발화하지 않는다. 그러나 원숭이의 손을 잡아서 땅콩과 바나나 쪽으로 끌고 가면 뉴런이 발화한다. 다시 말해 귀를 보면 듣는다는 이미지를 떠올릴 수 없기 때문에 원숭이도 반응하지 않는다.

오히려 모비딕의 스타벅이 우리에게 커피 맛을 떠올리고 카페에 가도록 더 유혹할 수 있다. 그러므로 아반테가 이 차에 더 많은 이미지를 간직하고 더 많은 사람의 말에 귀를 기울인다면 '귀 그림'을 그려서는 안 된다. 같은 날 모 일간지에 실린 모 종이 회사의 광고는 "종이는 인간보다 더 잘 참고 견딘다"라는 안네 프랑크의 일기를 인용한 것인데, 아반테 광고보다 훨씬 감성적이고 우리의 직접적인 감각을 자극한다. 소비자에게 종이를 통해 얻은 안네 프랑크의 체험을 넘어서는 증후Symptom를 겨냥하고 있다.

알다시피 인간은 유인원보다 미메시스의 능력이 훨씬 뛰어나다. 울산 반구대의 암각화(선사시대의 바위 그림)에는 많은 동물들의 모습이 새겨져 있다. 매끈한 병풍 같은 바위에 고래, 개, 늑대, 호랑이, 사슴, 멧돼지, 곰, 토끼, 여우, 거북, 물고기, 사람 등의 형상과 고래잡이 모습, 배와 어부의 모습, 사냥하는 광경 등이 표현되어 있다. 일반적으로 사람들은 이 그림들이

고래를 잡는 모습이거나 호랑이와 멧돼지를 잡는 모습으로 생각하기 쉬운데 그렇지 않다. 이 그림은 실제 무엇을 하는 것을 그린 그림이 아니라 그런 짐승들을 많이 잡게 해달라고 비는 주술을 위한 상상화이다.

이런 그림은 원시 인디언들이나 알타미라 동굴의 벽화에도 마찬가지로 적용된다. 원시시대에도 인간은 이미 미메시스의 행위를 했음이 드러난다. 『생각의 탄생』이라는 책의 저자 루트 번스타인은 벽화가 때로 인간이 짐승을 잡기 위해 짐승의 가죽을 덮어쓰고 짐승 흉내를 내고 있는 그림임을 확인해 주고 있다. 그러면서 루트번스타인은 고기를 잡기 위해서는 고기가 되어야 한다는 감정이입의 원칙을 창의적 사고의 중요한 도구로 보고 있다.

아반테 광고의 문제는 비단 광고 하나만의 문제가 아니다. 이 문제는 현대차의 전체 디자인 철학(?)으로 확대된다. 난초를 보고 난초의 모습과 같은(!) 플루이딕 스컬프처의 디자인을 고안했다고 하는데, 과잉 디자인으로 인해 그 디자인으로 만든 소나타는 낭패를 보고 말았다. 다시 YF소나타로 복귀하자 소비자들은 이제 너무 밋밋하다고 불만을 쏟는다. 난초라는 자연의 모습을 그대로 보여 주었기 때문에 자동차의 이미지는 사라지고만 경우라 하겠다.

이것은 내 연구실에서 늘 바라보는 팔공산을 내가 상상하지 않기 때문에 내가 팔공산을 그리워하지 않는 것과 같다. 아무리 제주도가 아름다운 세계 자연 유산에 등재되었다 하더라도 제주도 사람들은 그것을 사랑할지언정 그리워할 수는 없다. 난초를 상상하게 해야지 직접적으로 난초를 그려 놓은 것은 디자인과는 거리가 멀어도 한참 멀다. 그러면 그 대안은 무엇일까? 독일 차나 프랑스 차의 디자인을 보라. 거기에는 프랑스의 미술, 독일의 음악을 상상케 하는 간결함이 묻어난다. 디자인은 보이는 대로 그려서는 안 되고, 보이도록, 즉 상상하도록 기호화하여야 한다는 원칙을 배울 수 있다. 더구나 정체성을 상실하지 않고.

글을 쓰다 보니 내가 마치 현대차에 대한 비난을 호도하는 것 같아 보인다. 그러나 이는 절대 현대차, 특히 아반테의 문제만은 아니다. 카타르 월드컵 유치 홍보 동영상이 그랬고, 삼성 갤럭시 기어의 광고가 그랬다. 가정주부들이 매일 지켜보는 드라마가 그렇고, 〈명량〉이라는 영화가 그렇다. 포르노처럼 보여

주는 데 급급하다 보니 개연성 없는 감정을 화면에 모두 쏟아붓는다. 어떤 프로그램은 출연자들의 감정을 모두 말로 써 놓거나 기호로 화면을 가득 채운다.

그렇게 되면 시청자도 소비자도 관객도 사라진다. 그들의 상상공간은 광고주와 피디가 차지하고 그들은 우리를 인형극처럼 뒤에서 조종한다. 결국에는 이것이 부메랑처럼 되어 프로그램은 저급해지고, 제품은 안 팔리고, 소비욕구는 없어진다. 이는 남편에게 매일 너무 애교를 부려 남편의 정이 떨어지는 경우와 같고, 아내에게 매일 선물을 하여 남편의 선물과 남편이 아무 의미가 없어지는 것과 같은 원리다.

우리가 좋은 홍보 동영상으로 2022년 월드컵을 유치했더라면 섭씨 50도가 넘는 땅에서 월드컵이 이루어지느니 마느니 하는 일은 없었을 것이다. 갤럭시 기어 광고가 보여 주는 것을 지양하고, 말로 설명하는 광고를 하지 않았더라면 세계 여론으로부터 뭇매질을 당하지는 않았을 것이다. 보여 주는 데 급급하고 감정을 말로 표현하여 동작과 어울리지 않는 '말하는 영화'를 만들지 않았더라면 스크린쿼터니 '국산' 영화니 하는 말들은 없었을 것이다. 감정의 홍수라는 전근대의 유산을 마치 한국의 정서적 유산인 것처럼 호도하는 광고는 자리를 얻지 못한다.

이제 미메시스는 인문, 예술, 기술, 자연(뇌)과학이 어우러져 하나의 작품으로 탄생되어야 한다. 왜냐하면 언어는 의식하지 못하는 것, 이성적이지 않은 것, 말하자면 무의식, 충동, 증후, 상상들로 이루어져 있기 때문이다. 다소 어렵기는 하나 비트겐슈타인이 친구에게 보낸 편지 일부분을 다시 성찰해 본다. "말로 표현할 수 없는 것이 말로 표현되지 않고 표현한 것 속에 함의되어 있다." 아반테 광고를 보며 우리가 참을 수 없는 말이다.

08 내가 기아자동차의 디자인에
열광하는 이유

/

디자인, 인문학으로 버무려라

아반테 광고에 대한 나의 글을 읽고 독자들은 나의 주관이라고 단언했다. 그럴 수도 있다. 미학이라는 것이 원래 입맛, 즉 취향에 대한 판단이기 때문이다. 그러나 나의 자동차(디자인)에 대한 열광은 그동안 수십 대의 차를 바꾸고, 또 수백 대의 새로운 차들을 보러 다니면서 생긴 것이다. 나는 국산 중에서는 단연코 기아자동차의 디자인을 선호한다.

소렌토나 카니발 같은 차들은 도회의 세련미를 갖추고 있다. BMW나 아우디, 푸조나 시트로엥 같은 명차의 디자인과는 조금 거리가 있지만 적어도 파리에 가서 별로 드러나지 않을 서울 사람 같은 인상은 주기 때문이다. 같은 계열사의 차이지만 기아자동차의 소렌토나 K7은 현대의 소나타나 산타페와는 비교가 되지 않는 디자인이다. 피터 슈라이어라는 독일 디자이너가 만들었기 때문일까?

여하튼 2014년 10월에 출고된 올 뉴 소렌토나 카니발, 그 전에 이미 혁신적인 디자인으로 선풍적인 인기를 끈 K5와 스포티지가 모두 좋은 디자인으로 손꼽힌다. 기아자동차나 독일 명차들의 디자인 전략은 무엇보다도 심플하고 절제된, 그리고 하나의 총체성을 띤 모습이다. 그것이 다른 브랜드의 차는 차치하고라도 같은 계열사에서 나오는 현대차를 능가한다.

사실 디자인은 그 원형을 자연에서 찾는다. 폭스바겐의 비틀이나 아우디, MINI, 피아트 같은 차들의 몸체는 사슴벌레, 장수풍뎅이, 무당벌레 같은 곤충의 모습을 많이 혹은 적게 변형시켜 만든 것 같아 보인다. 최근에 출시된 자동차의 전면은 동물의 모양을 이미지화한 것이 많다. 푸조의 전면과 구형 아반테의 후면은 고양이, 마세라티는 상어의 모습을 재현했다고 한다.

나는 붕어의 입모습으로 보이는데, K9 같은 기아자동차는 '이빨을 드러낸 호랑이의 코'를 이미지화한 것이라고 한다. 푸조의 앞모습은 헤드램프와 직선 라디에이터 그릴이 눈을 부릅 뜬 고양이를 닮아 '펠린룩Feline Look'이라고 이름 붙였다 한다. 물론 이것도 나에게 큰 호소력이 없는 것은 마찬가지다. 하지만 이들은 모두 자연에서 어떤 기하학을 찾은 게 분명하다고 여긴다.

그것이 호랑이 코든지 딱정벌레든지, 상어든지, 고양이든지 자동차 디자인은 수차례 그 크기와 모양이 변하지만 곤충이나 동물을 형상화한 그 개념만큼은 크게 변화하지 않았다. 정말이지 자동차 디자인이란 굳이 체코 출신의 미디어 철학자 빌렘 플루서를 인용하자면 "기술을 이용해 자연을 속이고 자연을 왜곡하는 것"이라고 말해도 될 만하다. 호랑이를 지우고 호랑이의 모습을 보이게 하는 것이 바로 디자인이라는 뜻이다.

필자는 한국의 대표적 자동차 회사 '현대'가 디자인을 할 때 고려해야 할 것은 그때그때 고객의 바람이 아니라 인간의 저변에 놓인 고전 미학 같은 것, 언제 보아도 질리지 않는 만족감을 주는 그 무엇을 디자인에 반영해야 한다고 본다. 그러자면 자동차 디자인이 인공적인 것에서 자연을 능가하는 그 무엇을 찾아내야 한다. 있는 그대로의 자연은 사실상 가공되지 않았기에 세련된 모습이 아니라 누추한 모습이기 때문이다.

고대 그리스 말 '테크네τεχνη'는 오늘날 '기술'과 '예술'이라는 말을 포함하는 말이었다. 플라톤은 이 말을 싫어했다. 왜냐하면 이 테크네는 영원함을 잘못된 것으로 모방한 것에 불과하다고 보았기 때문이다. 그러나 오늘의 현실은 어떠한가? 아이들은 이미 '모방의 모방'으로 그들의 즐거움을 만끽하고 있다. 상자나 딱정벌레 같은 블록이나 장난감으로 그들의 해적 놀이나 경찰 놀이를 충족하고 있지 않는가? 닛산의 박스카나 폭스바겐의 비틀이 바로 아이들의 꿈을 실현하는 아르테팍트Artefakt(독일어로 예술품, 공예품, 인공물)들이다.

나는 도저히 상상할 수 없지만 기아자동차가 그릴에서 '호랑이 코'를 상상하게 하고 K시리즈가 호랑이처럼 달리며, 아슬란(터키어로 사자란 뜻)이란 이름을 단 현대차가 사자의 질주를 모방한 디자인을 만든 것은 아마도 어린 시절 꿈꾸어 온 해적 놀이나 경찰 놀이가 우리의 마음에 아직 살아있다는 것을 알기 때문일 것이다. 실제로 인피니티의 광고는 그렇게 말하고 있다. "처음 내가 포기한 건 해적이 되는 것…." 디자인은 바로 우리에게 보이는 것이 아니라 우리가 꿈꾸는 것을 재현하고 있다.

그러므로 디자인이 자연 자체를 넘어서지 못한다면 그것은 디자인의 범주에 들어갈 수 없다. 이제는 구형이 된 난초를 모방한 '소나타 the brilliant'(일명 YF소나타)나 산타페, 그랜저의 경우도 마찬가지다. 난초 잎을 직접 보이도록 차체를 디자인한다면, 그것은 결국 자연을 왜곡하고 변형한 것이 아니다. 그래서 YF 소나타의 앞은 '삼엽충'으로 보인다고 소비자들의 혹평을 받았다. 얼마 전 출시된 아슬란의 광고에도 실제의 사자가 등장하는데, 아직도 현대차(광고) 디자이너는 인피니티에 배워야 할 것이 많은 것 같다.

인피니티를 배우기 위해 일본까지 멀리 갈 것도 없다. "심플하고 절제된, 총체성의 아름다움"을 가졌다고 평가받는 기아자동차의 디자인에서 배워도 될 듯하다. K9이나 K7이 또는 소렌토가 '호랑이 코' 모양을 모방하였다면 (거듭 말하지만 내게는 그것이 붕어나 잉어의 입처럼 보인다) 그것은 산타페나 소나타, 아반테보다 디자인의 개념에 훨씬 더 접근해 있다는 뜻이다. 그래서 나는 같은 계열사의 차이지만 (두 메이커가 같은 엔진과 플랫폼을 쓰는 것으로 알고 있다) 기아자동차를 더 선호한다.

그 이유는 무엇인가? 디자인의 원칙 중 도가도비상도圖可圖非常圖, Design in design is not design라는 말이 있는데, 이 말은 노자의 도덕경에 나오는 첫 문장 "도가도비상도道可道非常道"(말할 수 있는 도는 늘 그러한 도가 아니다)라는 문장을 응용한 것이다. 말하자면 '그림으로 그릴 수 있는 그림은 그림이 아니다'는 뜻으로, 이 말은 직접적인 육체의 심상을 금지하는 원리를 말한다. 자연이 디자인에 직접 노출되는 것은 좋은 디자인이 아니라는 뜻으로 풀이할 수 있다.

내가 현대차 디자인에 불편을 느끼고 기아자동차 디자인을 선호하는 것, 같은 휴대폰이지만 디자인의 측면에서 애플의 것을 삼성의 것보다 (물론 나는 편리함 때문에 삼성을 사용한다) 선호하는 것은 이 디자인들이 자연을 왜곡하여 기하학적인 프레임을 구상하기 때문이다. 그랜저의 (특히 후미의) 다양한 선이 플루이딕이라는 것을 상상하게 하기보다는, 말하자면 난초 같은 자연을 그대로 보여 줌으로써 '흐른다'는 이미지를 창출하기보다는, 오히려 조잡하게 보이게 하고, 칼처럼 날카로운 느낌을 준다. 그로 인해 기하학적인 측면에서 안정감을 줄 수 없다.

고전미학의 정초자定礎者라고 할 수 있는 칸트는 그의『판단력 비판』에서 사물이 아름답게 보이기 위해서는 다음 세 가지를 충족해야 한다고 보고 있다.

첫째, 그 사물이 주는 만족감이 실제적 이득과 무관해야 하고, 둘째, 그것이 불러일으키는 쾌감이 보편적이어야 하며, 마지막으로, 다양한 요소가 유기적으로 결합해서 총체성을 지녀야 한다. 이런 기준에서 본다면 MINI라는 차가 단연코 일등일 것이다. 이 차는 장수풍뎅이 몸체에 피노키오의 눈을 닮았다. '해적'이 되기를 꿈꾸는 어린 시절을 보낸 사람이라면 어느 곳에서나 어떤 연령층에서나 (물론 실제로 타느냐는 다른 문제이다) 선호하고, 앞과 뒤의 모습이 싱크로율 백퍼센트로서 총체성을 보장하기 때문이다.

인간의 자연 지배는 결국 자연을 기하학이라는 범주에 넣어 가능한 상상의 세계를 보게 하였다. 예를 들어 아우디라는 차는 단순히 달리는 차가 아니다. 그것은 곤충(또는 동물)의 자연스런 모습, 따뜻한 느낌의 장난감이 주는 꿈, 그리고 기술적이고 기계적인 세련된 도시인의 냉정함이 들어있다. 그러나 대부분 현대차(제네시스 같은 디자인은 예외지만)의 디자인은 이런 도가도비상도圖可圖非常圖와는 거리가 멀다. 같은 계열사이지만 기아자동차가 디자인이라는 측면에서 훨씬 더 진화해 있다. 거기에는 도시에서 자연을 꿈꾸는 사람의 욕망을 자극하는 디자인이 들어 있다.

팔자는 현대차가 YF나 LF 소나타 같은 과잉 디자인, 표현의 디자인 말고, 소나타 II 디자인이나 제네시스 디자인, 기아자동차 디자인(K5의 과잉 디자인은 제외한다) 같은 자연을 기하학에 품어 자연의 상상에 이르게 하는 디자인을 지향하길 바란다. 그런 만큼 내가 기아자동차의 디자인에 열광하는 이유는 인문학적 상상력에 의존하는 것이다. 『도덕경』은 이렇게 말한다.

"이름할 수 있는 이름은 항상 그러한 이름이 아니다. […] 늘 없음에서 그 오묘함을 보려 하고, 늘 있음에서 그 갈래를 보려고 해야 한다. 이 둘은 같은 곳에서 나왔으나, 이름만 달리할 뿐이니, 이를 일러 현묘하다고 하는 것이다."

09 간섭하지 않는 야구가
삼성을 뛰어놀게 하였다

한국시리즈 삼성과 넥센의 경기를 보며 깨달은 것이 있다. 사람이 운동을 하고, 놀이를 하고, 창의성을 발휘하여 무엇을 만들려면 다른 그 누구도 간섭을 해서는 안 된다는 사실이다. 그러나 한국의 경제, 교육, 스포츠, 디자인, 어느 한 곳도 간섭에서 자유로운 곳이 없다.

아들과 한국시리즈 삼성과 넥센의 5차전을 보았다. 이 5차전은 한국시리즈의 향방을 결정짓는 중요한 경기였다. 물론 나는 삼성 편이었다. 삼성은 1점 차로 끌려가다 8회 무사 만루 기회를 맞는다. 세 명의 타자가 플라이와 땅볼로 물러선다. 류중일 감독은 나중 인터뷰에서 이 순간에 대타 카드를 못 쓴 게 아쉬웠다고 자책한다.

그리고 그는 그 경기를 놓쳤으면 우승이 넥센으로 넘어갔을 거라고 보았다. 우리는 욕을 막 했다. 왜 이 순간에 대타를 쓰지 않느냐고. 감독이 선수들을 너무 믿어서 탈이라고. 그런데 삼성은 9회에 최형우가 친 2타점 적시타로 역전승을 거두었다. 그것은 삼성에게 행운인 것처럼 보였다. 그래서인지 사람들은 류 감독을 복장(그러니까 운장運將)이라 부른다.

그러나 삼성의 승리는 운이 아니다. 간섭하지 않는 야구의 결정체였다. 류중일 감독은 인터뷰에서 말했다. "단장이나 사장이 선수단 운영에 간섭한다(구요)? 이해가 안 됩니다. 우리는 구단 측이 현장에 이러쿵저러쿵하지 않고 참(습니다)." 그렇다. 잘 되는 팀은 프런트가 현장에 간섭하지 않는다. 무릇 간섭한 모든 팀은 성적이 저조하다.

이것은 비록 프런트의 문제만은 아니다. 감독도 선수들에게 간섭해서는 안 된다. 롯데와 기아가 간섭으로 인해 좋지 않은 결과를 거두고 말았다. LG의 전 감독은 심하게 선수들에게 간섭하다 스스로 물러나고 말았다. 그러니 어쩔 수 없는 것 같이 보이는 간섭이 일어나는 순간 그 팀은 추락하고 만다.

유독 우리나라에 뿌리 박힌 이 '간섭'을 어떻게 이해할까? 간섭은 어릴 때부터 시작된다. 숙제해라. 밥 먹어라. 그림 잘 그려라. 게임하지 마라. 머리 좀 얌전하게 깎아라. 이 모든 것이 간섭이다. 아이가 레고로 이상한 형상을 만들고 있으면 엄마는 곧 간섭한다. 이건 뭐야? 빌딩 같네. 이건 뭐야? 기린이야? 그러나 한참 듣고 있던 아이는 시무룩해진다. 그리고는 "근데 엄마 나 혼자 좀 놀면 안 돼?" 한다. 우리는 어릴 때부터 간섭을 받는다.

그래서 간섭을 싫어한다. 오죽했으면 아이들은 엄마 말은 맞는데 엄마 잔소리는 싫다고 할까? 간섭은 비단 나쁜 것만 있지 않다. 초등학생 그림 숙제를 도와주는 엄마가 보다 못해 간섭한다. 그러다가 아예 다 그려준다. 아이는 그 순간은 좋아할 수도 있다. 그러나 이것도 간섭이다. 간섭은 아이가 창의적인 행동을 하는 데 큰 장애가 된다.

그림 형제의 동화 중에 「영리한 한스」가 있다. 한스야 어디 가니? 그레텔네 집에 가요. 그레텔네 집에 가서 뭘 갖다 주려고? 갖다 주려고 하는 것이 아니라 뭘 좀 얻어오려 해요. 나중에 집에 돌아온 한스에게 엄마는 묻는다. 한스야 그레텔네 집에서 무엇을 얻어 왔니? 바늘이요. 바늘을 어디다 두었니? 건초더미에 꽂아 두었어요. 저런, 바보같은 짓을 했구나. 바늘이라면 소매에 꽂았어야지.

다음에 한스는 그레텔에게서 칼을 얻어 온다. 엄마는 묻는
다. 칼을 어디다 두었니? 소매에요. 엄마는 다시 말한다. 저런,
바보 같은 짓을 했구나. 칼이라면 주머니 속에다 넣었어야지.
이렇게 한스의 엄마는 뭔가 지혜를 깨우쳐 주는 것 같으면서도
계속해서 아들의 행동에 간섭을 한다. 그 결과 한스는 시행착
오를 계속한다.

저런, 바보 같은 짓을 했구나. 무사 1루면 번트를 대야지.
저런, 바보 같은 짓을 했구나. 1점 뒤지고 있는 상황에서 무사
만루면 희생플라이를 쳐야지. 동점을 만들고 봐야지. 이런 식
으로 간섭을 하면 야구는 끊어진다. LA다저스를 보자. 어디 감
독이 이런 간섭을 하나. 그럼에도 LA 다저스가 월드시리즈에
진출을 못하자 감독이 아닌 단장이 바뀌었다. 아이가 잘 하든
지 못 하든지 부모는 그냥 지지하면 된다.

아이가 스스로 익힐 수 있는 시간을 주어야 한다. 프런트 야
구가 아니라 창의적 야구를 하도록 두어야 한다. 수술은 잘 되
었는데 환자가 죽는 야구를 해서는 안 된다. 프런트가 팬들이

진다고 난리인데 믿음은 무슨 믿음...이라고 하면 지고 만다. 팬들이 난리인데 감독을 경질해야 한다... 그러다 팀은 추락한다. 지난 해 두산이 그랬고, 한화가 그랬다.

이런 간섭은 야구에만 적용되는 문제가 아니다. 어디든 다 간섭이 있다. 대학 입학 전형이 그 대표적인 경우다. 입학사정관제를 실시하면서 학과에서 자율적으로 문제를 내면 공평하지 않다고 일괄적으로 학교에서 문제를 내 준다. 이것이 간섭이다. 교육부는 더하다. 창의적인 프로젝트를 내라고 하고선 가이드라인을 준다. 각 대학들이 스스로 자율적으로 하라고 해 놓고선 자기네가 준 가이드라인대로 안 하면 지원금을 끊는다.

대학총장을 간선으로 하라. 하지 않으면 지원을 끊겠다. 이런 식으로 간섭한다. 작가가 교훈적인 글을 써서 독자의 상상에 간섭을 한다. 공무원이 창업 보유 센터에 간섭한다. 연구재단의 평가자들이 교수들의 창의적 프로젝트에 간섭을 한다. 재정경제부가 교육부에 간섭을 한다. 이렇게 갑은 끊임없이 을에 간섭을 한다. 보이지 않는 이런 간섭은 한국을 망하게 한다. 노벨상이 나오지 않는 이유도 여기에 있다.

경영진이 디자인에 간섭하는 나라가 또한 한국이다. 현대차 아슬란이 자기표절로 아슬아슬하다. 자기 회사의 소나타, 그랜저, 제네시스를 요리조리 모방하여 짜집기 디자인을 한 것이다. 그것은 디자인을 전적으로 디자이너에게 맡기지 않는 우리나라 문화에서 생겨난 것이다. 간섭의 결과다. 창의적임, 세계적임, 개성적임을 디자이너에게 맡기지 않는다. 소위 말하는 프런트, 즉 경영진이 틀림없이 개입을 하고 간섭을 해서다.

몇 년 전 카타르 월드컵 유치 홍보 동영상도 마찬가지였다. 월드컵 유치 동영상에 왜 이명박 대통령과 G20, 그리고 한국의 역사가 등장하는가? 그것은 정부가 간섭을 한 결과다. 지난 해 삼성이 갤럭시 기어를 출시할 때도 같은 모습을 보였다. 설명과 설득으로 꽉 찬 광고였다. 감성이라곤 없었다. 갤럭시 기어를 여러 번 보여 주라고 프런트가 간섭을 하였다고 한다. 우스꽝스런 광고 영상이 되고 말았다. 혹평을 받았다.

간섭. 이 말을 하니 갑자기 고등학교 친구 하나가 떠오른다. 교련 시간이었다. 앞으로 갓! 그러면 우리는 보통 팔을 다리와 서로 엇갈리게 흔든다. 오른팔이 앞으로 나가면 왼발이 앞으로. 이래야 자연스럽다. 그런데 이 친구는 발과 같은 쪽의 팔을 흔든다. 선생님이, "너 이것도 못해!" 하고 간섭하면 할수록 이 아이는 계속 같은 동작을 반복해댔다. 간섭은 치명적이었다.

두려움은 자연과 본능을 사라지게 한다. 이제 새롭게 임명된 롯데 자이언츠의 대표는 말한다. 더 이상 프런트가 선수들을 간섭하지 않을 거라고. 정말 그렇게만 된다면 '내 친구'는 제대로 걸을 수 있을 것이다. 그런데 내 친구가 제대로 걷게 하기 위해서 나는 그 대표의 말보다 류중일 감독의 말에 더 신뢰가 간다. "저는 선수들을 믿고 맡기는 스타일이라서..." 이 말이 그를 복장으로 만들고, 삼성에게 한국 프로 야구 통합 4연패라는 위업을 가능하게 했다. 간섭하지 않는 야구가 삼성을 뛰어놀게 하였다.

<u>10</u> 수능도 논술도 모두
       폐지해야 하는 이유는?

**우리가 객관식에 잔머리를 굴리는 동안
저들은 창의적인 머리를 만든다**

평가라는 것은 피할 수 없는 일이다. 그러나 한국 학교의 중요한 평가 중 하나인 수능이 등급별 줄 세우기가 되어서는 안 된다. 그리고 사교육을 방지하기 위한 복지정책의 수단이 되어서는 더더욱 안 된다. 수능이 자기의 실력을 발휘하는 곳이어야지 실수를 피하여 등급을 잘 받는 곳이어서는 안 된다.

혁명적인 철학자 니체는 청년이 교양과 상식이라는 이름으로 길들여지는 것에 반기를 들었다. 그는 역사적 사건을 챙기느라 현재의 삶을 즐기지 못하는 시대를 비판했다. 니체는 숫자가 인간의 말을 삼켜버리는 시대를 증오했다. 그런데 그가 말한 교양과 상식, 역사적 기억, 그리고 숫자, 이 모든 것을 대변하는 제도가 있다면 그것은 바로 한국의 수능일 것이다.

그래서인지 이제서야 사람들은 수능이 '실력보다 실수'를 평가한다고 난리법석을 피운다. 수능 한 문제 틀리면 곧장 2등급이다. 두 문제 틀리면 3등급이다. 한 과목만 2등급 받으면 그동안 가져온 꿈은 거품이 되고 만다. 그렇다고 문제를 낸 사람을 미워할 수도 없다. 왜냐하면 이 결과가 교육에 대한 국가 전체의 안이한 생각에서 나온 것이기 때문이다.

어느 누구도 이런 수능의 체제에서는 좋은 문제를 낼 수 없고 실수를 피할 수도 없다. 그렇기 때문에 응시자들 또한 제 실력을 발휘할 수도 없다. 응시자가 만점을 받는다면 창의적인 사람이라고 평가받을 수·있는가? 절대로 그렇게 될 수 없다. 이유는 문제가 객관식이기 때문이다.

창의력이 주관으로 이루어졌다는 것은 누구나 다 아는 법, 같은 수학 문제도 창의적으로 다르게 풀 수 있다. 하지만 한국의 수능 체계 안에서는 어느 누구도 출제자의 수준을 넘어설 수 없다. 그리고 이런 수능 체제하에서는 운이 좋은 사람만이 자신의 운명을 결정할 수 있다. 작년에 세계지리 한 문제로 얼마나 많은 사람들이 자신의 운명을 결정할 수 없었던가.

루트번스타인 부부(미셸 루트번스타인(사학자), 로버트 루트번스타인(교수))가 쓴 『생각의 탄생』에는 대수학적 사고와 기하학적 사고에 대한 차이를 보여 주는 문제를 제시한다. "어떤 사람이 강에서 보트를 타고 노를 저어가고 있는데 강물의 유속은 시속 3킬로미터다. 이 사람은 강을 거슬러 올라가고 있는 중인데, 그가 노 젓는 속도는 거스르는 강물의 속도보다 시속 2킬로미터 빠르다. 그는 모자가 강에 빠진 뒤 30분이 지나서야 자신이 모자를 잃어버렸다는 것을 깨닫게 된다. 만일 그가 보트를 돌려서 강이 흐르는 방향으로 지금까지와 같은 속도로 노를 저어 모자를 집기까지 얼마나 시간이 걸릴까?"

이 문제에 대한 해답은 대수학적 방법이 있고, 직관적인 방법이 있다. $(8km/hr)t = 2.5km + (3km/hr)t$, $t = 0.5hr$ 이것이 전자의 방식이다. 그러나 기하학적 사고는 강물을 기차로 생각하고 노 젓는 사람을 기차 안에서 걸어가는 사람으로 생각하여 금방 30분이라는 계산을 만들어내는 직관적 방식이다.

주관식으로 내지 않고는 두 번째 방식의 천재성을 도저히 찾아낼 수 없다. 그러기에 우리나라 수능은 요즘 유행하는 개그콘서트의 '연애능력평가'만도 못하다. 차라리 개콘은 사고력과 유머, 철학적 아이러니를 포함한 창의력이라 말할 수 있지만 수능은 그 속에 답이 있다는 헛된 희망만을 담고 있을 뿐이다. 그러면 우리는 이런 수능의 무엇을 바꾸어야 하나? 교육과 사상의 선진국들은 어떤 시험을 칠까?

이미 EBS나 교육과 논술에 관련된 매체들이 수없이 보도했지만 독일과 프랑스, 미국의 시험은 주관식이다. 토마스 홉스의 『리바이어던』에 나오는 지문을 제시하고 '현대사회에서 이에 상응하는 문제를 제시하고 당신의 의견을 쓰시오' 같은 식이다. '예술 작품은 항상 아름다운가', '의식하지 못하는 행복이 가능한가?' 이런 논제를 두고 4시간 동안 서술하는 것이 그들의 방식이다. 우리가 문제의 객관성에 대해 잔머리를 굴리는 동안 저들은 창의적인 머리를 만들고 있다.

대학생들에게 논술 문제를 내면 수업 시간에 교수가 제시한 사례를 그대로 외워 쓴다. 그러기에 마이클 샌델의 『정의란 무엇인가?』라는 책을 읽고 답답해 하는 친구가 한 둘이 아니다. 왜냐하면 거기에는 정의가 무엇인지에 대한 답이 없기 때문이다. 거기에는 정의를 해석하는 카테고리, 다시 말하면 정의를 이해하는 데 필요한 과정만이 있을 뿐이다.

우리는 심지어 논술 문제까지도 단답형, 분절형 문제를 내고 있으니, 이것으로 어찌 자기의 견해를 밝힐 수 있는 계기가 되겠는가? 주입식 교육과 교화, 교사의 생각 강요에 찌들린 학생이 자신의 생각을 기획하기보다는 지문의 이해에, 지문을 이해하기보다는 암기에 더 열중하고 있는 현실에서 독일과 프랑스, 미국의 수능은 너무 먼 당신이다. 이제부터라도 싱크탱크를 가동하여 학교와 교육 당국이 학생들로 하여금 주체적인 사고를 하도록 하지 않는다면 우리는 교육의 열등 국가에서 절대 벗어날 수 없다.

우리의 수능은 창의적 방법, 비판적 사고력, 표현력, 이해력을 필요로 하는 것이 아니라 기술적인 능력만을 요구한다. 늦은 감이 없지 않지만 우리는 기존의 수능을 폐지하고 공교육의 모든 교과에서 논술과 서술형 교육을 시작하여야 한다. 논술은 과목이 될 수 없다. 객관식을 박멸하고 자기의 의견을 서술할 수 있는 교육이 이루어져야 한다.

대통령이 사교육비 줄이라고 간섭을 해서 '물수능'을 만들고, 교육부가 문제를 EBS나 교과서 지문으로 출제하라고 해서 과학적이지도 않은 생물 문제의 답을 교과서 식으로 정하는 해프닝이 일어나서는 안 된다. 논술로 교육이 시행된다 하더라도 교육 당국이 교육 주체인 학생들에게 정답이 있다는 식의 가이드라인을 제공하거나, 문제를 내는 쪽에 해제를 내라고 하는 것은 기본적인 교육의 취지를 흐리게 한다. 학생 스스로 정답을 기획하고 구조화해 나갈 수 있는 교육을 해야 한다.

이것을 실현하기 위해서는 먼저 수능 자체를 서구식, 창의적인 주관식 문제로 바꾸어야 한다. 사흘씩 시험을 치르더라도, 그것이 10년이나 20년이 걸리더라도 지금 기획해야 한다. 둘째로는 시험을 상대평가 커트라인으로 결정하지 말고 절대평가로 해야 한다. 마지막으로 답이 없는 개방형 문제를 내어 가르친 교사들이 수능 시험을 출제하고 채점하게 해야 한다. 이런 기준에서 본다면 현재의 수능修能시험은 수능數能시험이다.

이 수능數能시험은 내가 제시한 세 가지 조건 중 하나도 충족하지 못한다. 그래서 학생들은 1, 2, 3, 4, 5등급이라는 한우 등급 같은 숫자에 매여 살 수밖에 없다. 앞의 세대들이 만든 역사를 외우고 반복하느라 귀중한 청소년의 삶을 허비하고, 새로운 것을 창조할 기회를 원천부터 상실해 버린다. 그리고 단답형에 익숙한 속물이 되어버린다. 이것이 오늘날 니체의 철학에 의한, 수능에 대한 반시대적 고찰이다.

250년 전 연암 박지원이
제시한 자살 방지책

청소년들에게는 연암의 '대화치료'가 절실하다

성적을 잘 받고자 하는 것은 잘 살기 위함이다. 그런데 성적을 비관하여 죽다니! 이 역설을 방지하기 위해서 우리는 어떻게 해야 할까? 약 250년 전에 그에 대한 좋은 방법을 알려준 분이 있으니 그분의 이름은 연암 박지원이다. 그의 방법을 나는 '대화치료'라고 명명하겠다.

현대를 살아가는 우리에게 심리 치료는 필수불가결한 것이다. 그런데 약 250여 년 전에 우리에게 대화치료가 무엇인지를 보여준, 대화치료의 본 모습을 보여준 이가 있었으니 그가 바로 연암 박지원(1737~1805)이다. 연암이 쓴 「민옹閔翁전」을 보면 그는 18살에 우울증에 걸렸던 모양이다. 하루는 민옹을 초대하여 해학과 고담을 듣고 마음에 위안을 얻고자 하였다.

이야기가 치료적 효과가 탁월하다는 것을 알았던 연암이다. 귀한 치료사를 초대하였으니 악공들을 불러 음악을 연주하고 있던 터였다. 그런데 일흔 세 살이나 된 민옹은 도착하자마자 인사도 나누지 않고 다짜고짜 피리를 불고 있던 사람의 따귀를 때렸다. 그러고는 "주인은 기뻐하는데 너는 왜 성을 내느냐"라 며 꾸짖었다. 민옹은 우울증 클라이언트에게 대화를 시도했고 이미 절반의 성공을 거둔 것이다.

이 에피소드는 대화치료의 모습을 보여 준다. 대화치료talking cure란 정신분석가 프로이트에게서 유래된 말인데, 이는 안나 O양의 치료적 대화에서 나온 말이다. 그러니 대화치료란 말은 사실 프로이트가 한 말이 아니라 안나 O양이 한 말이라고 할 수 있다. 클라이언트가 우울증의 원인이 된 기억을 회상하기 위해 우리는 대화를 통해 치료를 시작하는 것이다.

물론 대화를 통해 모든 클라이언트가 원인자에 접근할 수는 없다. 그러나 대화를 통해 원인자에 접근하여 그 원인자에 대 한 감정적 반응을 불러일으키고, 그것이 클라이언트에게서 언 어화되면 감정의 소산Abreaktion이 일어난다. 이때 일어나는 감 정의 소산을 안나 O양은 "굴뚝청소"라고 불렀는데 이 말은 카 타르시스란 말과 다르지 않다. 이렇게 "신경증의 원인이 멈추 면 증상도 멈춘다cessante causa cessat effectus."라는 원리에 따라 병은 치유된다.

민옹의 (결국은 연암의) 대화치료는 이 대화에서 감정적 경로를 만들어 준다는 특징을 가지고 있다. 피리 부는 사람이 성을 내는 것은 물론 아니다. 민옹은 피리소리가 성을 내는 소리로 치부했을 뿐이다. 그러면 우울증 걸린 18세의 연암을 보고 기뻐한다고 한 것은 또 무슨 말인가? 만약에 민옹이(민씨 성을 가진 할아버지가) 어린 박지원에게 '넌 뭐가 그리 우울하냐'고 물었으면 그를 즐겁게 하지는 못했을 것이다.

그러나 그는 "주인은 기뻐하는데"라고 말하며 클라이언트를 즐거워하는 사람으로 치부했으니, 클라이언트 입장에서는 치료사를 경계할 필요가 없다. 동시에 부담 없이 자유롭게(자유연상으로) 과거의 원인자에 접근할 수 있었을 것이다. 클라이언트는 감정을 동반하여 유쾌하게 이야기(대화)를 시작할 수 있었을 것이다. 이것은 대화치료가 어떻게 감정을 카타르시스할 수 있는지 그 원리를 보여준다.

수능이 끝나면 성적 비관으로 자살하는 청소년 이야기가 우리를 안타깝게 한다. 아이가 과연 성적 때문에 죽었을까? 아니다. 그들은 대부분 우울증을 가지고 있다. 우울증이란 단순한 상실감이나 슬픔이 아니다. 지속적인 정서적 자기학대가 우울증을 만드는데, 성적 비관으로 자살하는 청소년들의 경우 독한 부모toxic parents의 가정에서 많이 나온다고 지적한다.

이런 부모들은 스펙이 좋은 경우가 많다. 그리고 그들의 대화는 주로 명문대학이나 좋은 직업에 대한 것이 대부분일 것이다. 물론 아이가 그런 부모의 요구나 소원에 부합하면 문제가 되지 않는다. 아이의 성적이 원하는 대로 나오지 않을 경우가 문제이다. 이럴 경우 대화치료가 긴밀히 요구된다. 부모의 입장에서 입시 준비하는 아이를 상담자에게 데리고 갈 여유가 없을 것이다. 이때 재빨리 연암과 민옹을 생각하면 좋을 것 같다.

연암이 말한다. "나는 음식 먹기도 싫고 밤에 잠도 안 와 병이 되었소이다." 그러자 민옹은 몸을 일으켜 치하한다. "당신은 집이 가난한데 다행히 음식을 싫어하신다니 부자가 되겠소. 그리고 잠이 오지 않는다니 낮과 밤에 곱절을 사는 게 아니오?" 물론 비꼬듯이 이야기하면 우울증에 부채질만 더하겠지만 클라이언트에게 원인자를 알게 하고, 그 원인자를 일거에 제거하는 해석을 내려주는 치료사와, 그것을 받아들여 수행한 클라이언트는 대화치료의 정수라고 하겠다.

부모가 명문대를 나왔다고 아이에게 명문대를 강요하지 말자. 오히려 "공부가 잘 안 되는 모양이구나. 우리 집은 엄마 아빠가 명문대 충분히 많이 다녔으니 너는 대학을 가지 않고 다른 것을 해보는 것이 어떻겠니? 음악이나 체육, 오지 여행가, 아니면 사회봉사가." 물론 민옹처럼 진심이 담긴 말을 해야 한다. 실제로 연암은 사회적 주류에서 이탈하여 자유롭고 노마드적인 삶을 산다.

연암의 대화치료는 열하일기 「호곡장」에서도 진면목을 발휘한다. 1780년 7월 초파일 정사와 한 가마를 타고 냉정을 지나는데 정진사의 마두 태복이가 국궁을 하고는 "백탑이 현신하였기에, 이에 아뢰나이다" 하는 것 아닌가! 1천2백 리에 아득히 펼쳐진 요동 벌판 위의 백탑을 보고 한 말이다. 그러나 연암은 "한바탕 통곡하기 좋은 곳이로구나."라고 응수한다.

보통 사람 같으면 호연지기의 터라고 하거나, 압도적인 경관이로구나, 말할 곳에서 통곡하기 좋은 곳이라니? 그러나 그는 이렇게 말한다. "사람이 다만 칠정 중에서 슬플 때에만 우는 줄로 알고 칠정 모두가 울 수 있음을 모르는 모양이오." 그렇다. 웃거나 분하거나 사랑하거나 미워하거나 놀랄 때도 사람은 운다. 그러므로 학식이 아니라 감정을 갖고 접근하는 연암의 대화치료는 가히 그 수준을 짐작하기 어려울 듯하다.

진단이라는 것은 원인자를 아는 것이다. 그러나 사람의 마음은 연암이 「호곡장론好哭場論」에서 말한 것처럼 울음의 원인자를 모르게 하는 것들이 많다. 프로이트는 말한다. 원인자가 다른 경험에 스며들어 버려서 원인자를 찾지 못할 경우, 그 원인자와 유사한 경험을 치유함으로써도 치료는 가능하다.

고액과외 시켜줄까? 아빠랑 대화하자, 힘들지? 같은 말로는 우울한 아이를 치유할 수 없다. 하물며 그가 가진 우울증이라는 원인자를 찾아내어 치유하는 것은 더욱 불가능하다.

연암이 벼슬을 하리라는 생각을 뒷머리에 잔뜩 가졌더라면 그의 이런 유쾌함과 즐거움의 천재적 글은 나올 수 없었을 것이다. 그가 삶의 즐거움을 학자적 규범 앞에 둔 것이 그를 치유하고 오늘날 그의 글을 읽는 많은 사람을 치유한다. 딸과 아들이 진정 행복하기를 바란다면 자신들의 스펙을 은연중에 강요하는 것보다는, 자녀 세대가 마음대로 뛰어놀게 해야 한다. 학교 공부가 아니라 K-Pop스타가 되고 싶은 아이들에게 연암 박지원의 대화치료가 필요해 보인다.

12 손흥민은 왜
대표팀에서 부진할까?

2015년 아시안컵 결승 동점골의 주인공 손흥민은 이제 우리 축구의 신화에 가까워지고 있다. 그러나 그 전의 손흥민은 대표팀에만 오면 작아진다. 그 이유는 무엇일까? 우리는 이제 우리 대표팀이 개인적인 선수의 총합을 넘어 시너지가 무엇인지 생각해 보아야 한다.

나는 손흥민을 아주 좋아한다. 잘 생겼고 매너가 좋으며 축구에 천재적 기질이 보이기 때문이다. 그런데 그는 유독 대표팀에만 오면 성적이 별로 좋지 않다. 국가대표팀, 그대 앞에만 서면 그가 작아지는 이유는 무엇일까? 내가 매체를 통해 보는 손흥민은 독일식(유럽식) 축구에 익숙해져 있고 독일어 구사 능력이 뛰어난 것만이 아니라, 독일 문화에 익숙해져 있고 유럽의 축구에 익숙해져 있다. 나는 오랫동안 독일에서 살아본 경험이 있기에 그에 대해 말해 보고자 한다.

우선 유럽의 축구 문화에 대한 상식적 언급이 필요하다. 유럽의 축구에서 선수들은 착하지 않다. 감독에게 대들 수도 있고 마음이 안 맞으면 연봉과는 상관없이 팀을 떠날 수도 있다. 심판에게 거칠게 항의하고 상대 선수를 거칠게 태클하여 퇴장당할 수도 있다. 그에 반해 한국 선수들은 너무 순진하고 착하고 점잖다. 이것은 한국의 국가대표팀 전직 코치 샤트니에와 현 슈틸리케 감독의 말로도 알 수 있다. 한국 선수들은 유교적 이상을 그라운드에서 시행하려 든다. 그러니 아르헨티나 같은 팀을 만나거나 이란의 아자디 경기장에만 가면 기가 죽는다.

손흥민을 착한 축구에 (내 생각에 그는 심성이 착한 친구인 것만은 분명한 것 같다) 적응시키려 해서는 안 된다. 한국 같이 나이 많은 선배들이 만든 조직문화에서 그가 순응하지 않고 평등하게 자기의 역할을 다하는 선수가 될 수 있도록 분위기를 만들어야 한다. 히딩Hiddink 감독이(우리는 왜 히딩크라고 부르는지 모르겠다) 박지성과 홍명보를 키워 4강 신화를 썼을 때도 그는 경기 중에 선후배 간에 반말로 의사소통을 하라고 지시했다고 한다.

우리 같이 장유유서의 질서가 사회적 원칙으로 자리 잡은 나라에서 손흥민이 고삐 풀린 망아지처럼 자유롭게 뛰어놀기란 매우 힘들 것이다. 창의적인 축구를 하기 위해서 우리는 (슈틸리케 감독과 그의 동료들은) 손흥민이 반말로 선배들과 소통할 수 있게 해야 한다. 반말은 비단 축구장에서만 필요한 것이 아니라 우리나라의 모든 학교, 군대에 도입시켜야 한다고 본다. 그러면 폭력은 대부분 사라진다. 손흥민과 동시에 슈틸리케 감독에게도 한국 문화 신경 쓰지 않고 독일식, 그야말로 자기가 배운 대로 선수들을 지도하도록 전권을 주어야 한다.

유럽의 축구는, 나아가 독일의 축구는 더욱 더 '수평적 커뮤니케이션'을 중요시하는 축구와 문화를 갖고 있다. 독일에서 어떤 사람이 빨리 학위를 받으면 동료들은 그가 매우 창의적이라고 축하한다. 그런데 한국 사람들은 그가 교수를 잘 만나 학위를 빨리 받았다고 말한다. 한국 교민들이 모인 자리에서 한국인 2세를 한국말로 "애, 너 이리 와봐."라고 부르면 그 아이가 냉큼 온다. 그러나 같은 내용을 "Hey, du komm mal her!"라고 부르면 같은 뜻인데도 "왜요?"라고 대꾸한다. 이런 방식은 철학자 칸트나 마르크스, 니체 같은 철학자에게서 자주 찾아볼 수 있는 소통방식이다.

손흥민에게 애국심을 강하게 요구하지 말아야 한다. 그는 그냥 축구만 하면 된다. 그것이 곧 애국하는 길이다. 그리고 그가 잘하든 못하든 너무 재촉하지 말고 평가 말아야 한다. 그가 속한 소속팀의 동료는 분명 그와 소통이 잘 되고 기술적으로도 더 뛰어나다. 이런 선수에게 더 좋은 경기를 요구하는 것은 무리다. 메시나 호날두 같은 위대한 선수도 자기 나라 국가 대표팀에서는 저조하다. 이미 우리는 애국심 문제로 박주영을 망쳐놓지 않았는가? 박주영인들 축구를 못하고 싶어 못했겠는가! 런던에서 마음 맞는 감독 홍명보와 얼마나 대단한 일을 벌였던가!

고대부터 영웅은 원래 거칠고 야만적이며, 변덕이 심하다. 아킬레우스가 그랬고, 한니발과 나폴레옹이 그랬다. 그러므로 선수들은 그렇게 거친 싸움을 피하지 않을 때만이 영웅이 될 수 있다. 이런 이미지에 가장 잘 맞는 우리나라 선수는 아마 이천수였을 것이다. 이천수 선수가 만약 독일에서 성장했다면 어땠을까? 물론 그는 사회가 정한 법의 테두리를 넘어섰기에 안타깝게도 '악동'으로 전락하고 말았다. 레알의 호날두, 한국의 박지성, 일본의 혼다, 이탈리아의 가투소, 맨유의 비디치 같은 선수들은 상대 선수들을 마치 청도의 싸움소처럼 거칠게 대하고 있지 않은가!

우리는 늘 백의민족을 강조하고, 민족적 정한인 한을 자랑으로 여기고, 정중동靜中動의 선비정신을 강조하면서 강하게 저항하는 기마민족의 기상을 잊어버려서는 안 된다. 경기가 끝나면 기성용과 차두리처럼 쾌활하게 자신의 의견을 진정성 있게 개진하도록 두어야 한다. 만약 그의 입에서 "이번 경기는 선후배 간의 조화가 잘 되어서 이긴 것 같습니다."라든가 "앞으로는 더 열심히 해서 국민들의 성원에 보답하겠습니다."라는 표현이 나오면 그것은 진심이 아니다. 그것은 한국의 여론, 선배, 언론에 맞추려는 그의 도덕적 의지 표명에 지나지 않는다. 손흥민에게 분데스리가(독일 프로축구 리그) 같은 분위기를 만들어주자. 그가 필요한 것은 도덕이 아니라 축구다.

13 대법관!
   사랑이 뭔지도 몰라요?

나는 법을 전공하지 않았다. 한국에서 비전공자가 전공과목에 대해 이
야기하는 것은 터부taboo다. 그러나 윤리학을 전공했고, 정의가 무엇인지
안다. 대법원이 당시 15세였던 중학교 2학년 여학생을 상습적으로 성폭행
한 40대 남성에게 무죄 확정 판결한 것은 정의를 잘못 구현한 것이다.

가끔씩 주관식 답안지를 채점하다 보면 뒤로 갈수록 점수를
짜게 주거나 차츰 후하게 주는 현상을 발견할 수 있다. 그럴
때면 우리는 즉시 앞으로 돌아와 내가 시작했던 잣대를 다시
보아야 한다. 인간이기에 우리는 처음의 잣대로 평가하지 않
고, 평가된 다음 잣대로 다음 것을 평가하면서 평가의 기준이
점점 달라질 수 있다. 말하자면 전제가 잘못된 명제는 모든 것
이 참이다Ex falso sequitur quod libet.

공소장을 볼 수 없고 판결문을 읽어보지 않았지만 세간의 관심을 받았던 한 사건의 개략적인 내용은 이렇다. 2011년 8월 중학생이던 김 양은 교통사고로 병원에 입원했다. 마침 같은 병원에 입원한 아들을 보러온 김 씨는 병원에서 김 양을 우연히 만나 연예인 관련 이야기로 김 양의 경계를 누그러뜨린 뒤, 자신의 차량으로 데려가 성추행하고, 상습 성폭행하여 결국 김 양을 임신하게 했다.

여기까지의 사건에 대해서는 대법원도 1심과 2심 재판부의 판결에 동의했다. 문제는 지금부터다. 김 양은 2012년 초 가출해 김 씨와 동거를 시작했다. 한 달 뒤, 김 씨가 다른 사건으로 구속되자 김 양이 교도소에 찾아가 "사랑한다", "함께 살고 싶다"는 등의 말로 위로했다. 그리고 수백 차례 오고 간 카카오톡 메시지에도 "처음 보자마자 반했다"라는 등의 고백 메시지를 보냈다 한다. 이것을 토대로 대법원은 김 씨에게 무죄확정 판결을 내린 것이다.

물론 나중에 김 양은 "그렇게 하지 않으면 김 씨가 화를 내고 욕설을 해 무서웠기 때문"이라고 주장했지만, 대법원은 "메시지와 편지를 종합하면 김 양은 처음부터 사랑을 느꼈고 이 같은 감정이 계속된 것으로 보인다"라고 판단했다. 다만 1심과 2심에서 다뤄진 김 양의 판단능력에 대해서는 언급이 없었다. 오로지 이미 변화된 상황에서의 '사랑'이 처음의 기준(성폭행) 을 대체하게 된 것이다.

추측컨대 대법원이 12세 이상에게는 성적 자기결정권이 주 어진다는 취지 아래 "사랑이었다"는 판결을 낸 것 같은데, 이는 앞에서 말한 기준의 천이遷移에서 비롯된 것으로 보인다. 맨 먼 저 성 매수나 협박에 의한 강간이 없었다, 그리고 그에 따른 돈이나 대가가 오가지 않았다(물론 이것은 검찰이 입증해야 한 다), 그러므로 '사랑이다'는 순서로 판결이 나온 것이다. 그러나 '정의'라는 측면에서 이 '사랑'은 사랑이라고 볼 수 없다.

그 이유는 먼저 김 양의 소위 말하는 '사랑'이 대한민국 국민 들의 법 감정에 비추어볼 때 온전한, 다시 말해 '의무'를 동반한 사랑이라고 볼 수 없기 때문이다. 그보다는 오히려 김 양이 스 톡홀름 증후군에 빠졌을 것이라는 의심까지 들게 한다. 어린 아이가 자신을 보호해 주는 엄마에게 웃음을 짓고 안 보이면 불안해서 울며 매달리듯이, 김 양 또한 김 씨에게 매달렸을 가 능성이 있다. 그렇기 때문에 대법원이 이 부분, 즉 소녀의 판단

능력에 대해 아무런 언급조차 하지 않은 '사랑'을 빌미로 무죄 판결한 것은 오류다.

사랑할 권리란 우리가 헌법에 부여된 행복 추구권이라고 할 수 있다. 그런데 김 양이 소위 했다고 보는 '사랑'이 행복이라면, 그것이 강제된 것이 아니어야 한다. 강간범에게도 반응할 수 있는 육체적 '사랑'을 진정한 사랑이라고 볼 수 없듯이, 자기 스스로 기획하지 않은 '사랑'은 정신적 자유로서의 사랑이 될 수 없다. 김 양의 사랑의 조건은 연예인이 되도록 해주겠다는 것이었으므로 김 양의 '사랑'은 자신의 기획이 아니었고, 당연히 그것은 사랑이 아니다. 더구나 김 양은 미성년이 아닌가!

정의에 관한 한 20세기 최대의 학자라 볼 수 있는 존 롤스는 정의란 "원초적으로 평등한 상황에서 어떤 원칙에 동의하는가를 묻는 것"(마이클 샌델, 『정의란 무엇인가』, 김영사, 198쪽)이라고 주장한다. 그렇게 보면 대법원이 판단한 김 양의 '사랑'은 전적으로 자발적이었다고 보기 힘들다. 미래에 대한 약속의(이것은 구현된 것이 아니므로 사기다) 대가성으로 보이기 때문이다. 김 양의 '사랑'은 그 결과에 대한 충분한 정보가 제공되지 않은, 롤스의 말대로 정보에 대한 '평등하지 않은 상황에서'

이루어진 것이기 때문이다.

　사람들이 등반을 할 때 길을 잃고 같은 곳을 맴도는 현상을 독일말로 '링－반데룽Ringwanderung'이라고 한다. 이는 밤에 산길을 걷거나 악천후로 인해 앞을 잘 못 볼 경우, 우리는 광대한 지형을 곧바로 오르는 것 같지만 실제로는 원을 그리며 같은 곳을 돌게 된다. 이런 일은 원하지 않지만 짙은 안개, 눈보라, 폭우, 피로로 인한 인간의 사고력 둔화에 의해 발생되어 우리를 조난에 빠뜨린다.

　우리가 악천후로 원을 그리며 같은 곳을 맴돌게 되는 경우, 즉시 행동을 중지하고 방향과 위치를 확인한 후, 조난에 대비해야 한다. 우선 가해자 김 씨가 카카오톡의 내용과 편지를 다 모아둔 저의가 무엇인가? 심리학적으로 김 씨가 이미 양심에 반하여 행동하였다는 것을 증명하는 일이다. 그리고 대법원은 왜 카카오톡을 보내거나 예쁜 편지를 보낸 것이 "어쩔 수 없었던 일"이라는 김 양의 말은 믿지 않으면서 그녀가 보낸 "사랑한다"라는 편지 내용은 믿는가?

　이번 김 씨에 대한 대법원의 무죄 판결은 정의를 토대로 법이 공정하게 운용되어야 한다는 평범한 시민의 눈에는 페이퍼 법(종이 법)으로 보일 수밖에 없다. 어떤 심리학도, 언어학도, 정의의 개념도 성찰하지 않고 법의 형식논리에 빠진 결과로 보일 수밖에 없다는 뜻이다. 판사들은 단지 법전에 의지하여 면피성, 또는 검찰 질책성 판단을 하지 말아야 한다. 관습, 판례, 법전에만 의지한 판단은 국민을 의심스럽게 한다. 국민들은 계몽된 사회에서 정의가 인간의 존엄과 권리를 위해 진화하고 있다는 사실을 잘 알고 있다. 우리는 법이 정의를 완벽하게 구현할 수는 없지만, 정의의 구현이 법에서 이루어져야 한다는 사실도 알고 있다.

<u>14</u> "저기요! 아기 돼지 삼인 분 주세요"

황선미 작가에게 보내는 공개 편지

황선미 작가, 유명하다. 그가 쓴 『마당을 나온 암탉』은 100만 부 이상
이 팔렸고, 『나쁜 어린이표』는 거의 150쇄를 돌파하였으며, 『어느 날 구
두에게 생긴 일』은 2014년 런던 도서전 오늘의 작가상을 받았다. 그런데
과연 그의 동화로 대표되는 한국의 아동문학이 창의성을 바탕으로 한 문
학이라는 범주에 들어갈까?

황선미 선생님, 선생님은 저를 잘 모르시겠지만 저는 선생님
을 잘 압니다. 문학치료사 훈련가로서 저는 자주 그림책이나
동화책을 읽어 줄 기회가 있기 때문입니다. 누구에게 읽어주느
냐구요? 초로의 중년일 수도 있고 대학생들일 수도 있고 아이
들일 수도 있습니다. 무엇보다 호스피스 병동에서 죽음을 앞둔
암 환자에게 읽어준 것이 가장 기억에 남네요. 물론 선생님의
책을 읽어 주고 싶었지만 엄두도 내지 못했어요. 그 사람들이
재미없어 했으니까요. 분위기도 맞지 않았구요.

제가 한 번은 로버트 뉴튼 펙의 『돼지가 한 마리도 죽지 않던 날』을 조카들에게 읽어주었던 적이 있습니다. 이야기에 넋이 나간 아이들 중 질녀 하나가 눈치를 보면서 "고모부, 그런데 불알이 뭐예요?" 하는 겁니다. 순간 저는 당황하지 않을 수 없었습니다. 너무도 몰입해서 듣고 있던 초등학교 4학년 여학생이, 뜬금없이 이런 질문을 하다니! 얼마나 재미있게 이야기에 몰입해 있었으면 이 말이 주는 도덕적 수치심(소와 씨름을 하는 장면이기에 아이는 그게 뭔지 짐작은 하였을 거예요)을 무릅쓰고 이런 질문을 하였을까요?

　선생님도 이 이야기 읽어보셨지요? 어쩌면 로버트 뉴튼 펙의 이 이야기는 바로 경험의 직접성과 꾸밈없이 소박한 주인공의 내면 고백 때문에 사실을 기록한 일기 같지만 형식과 관계없이 문학이라 감히 말할 수 있습니다. 선생님도 대학교의 교수이시기 때문에, 문학이 일기나 르포와 다른 점은 잘 알고 계실 거라고 봅니다. 문학은 같은 사실성을 토대로 하더라도 허구적 상상력으로 이야기가 꾸며져 있기 때문에 사실 같지만 일기와도 르포와도 다릅니다. 허구적 상상이라면 당연히 『모모』로 잘 알려진 미하엘 엔데의 『마법의 설탕 두 조각』을 빼놓을 수 없지요.

제가 어느 여름 날, 시내의 대형 서점에 들렀습니다. 새로운 아동문학이 없나 하고 둘러보고 있노라니 아이들이 죽 둘러 앉아 책을 읽고 있더군요. 너무나 아름다웠습니다. 그런데 아이들이 펴들고 있는 책은 주로 만화책이었고 그렇지 않은 것이 미하엘 엔데의 책 『마법의 설탕 두 조각』이더군요. 아동문학 베스트셀러에도 이 책은 제일 위에 랭크되어 있었습니다. 책이 재미있다는 증거겠지요. 나는 서점에서 눈동자를 꼿꼿이 책에 꽂고, 엄마가 어딜 가든지 상관 않고 책을 읽고 있는 아이들 중에서 황선미 선생님이나 국내 작가의 책을 읽고 있는 아이들을 본 적이 없습니다.

그러면 어떻게 하여 황선미 선생님의 책은 수백만 권이 팔리고 외국에서는 그의 존재가 누구인지도 모르는 (런던도서전요? 프랑크푸르트 부흐메세요? 그런 것은 우리나라 출판업자의 기획(!)이라는 것을 우리는 다 알고 있습니다.) 작가가 국내에서는 수백만 권씩, 또는 150쇄 씩을 판매할 수 있는가요? 인기 작가이신 선생님께서 스스로 사재기 할 일은 없을 것 같고요. 그러니 진화론을 펴낸 다윈이 공작새의 꽁지깃을 보고 머리가 아팠던 것 이상으로 저는 황선미 선생님의 작품이 이렇게 많이 팔리는 것이 도대체 무슨 이유인지 아직도 궁금하여 머리가 아픕니다. 앞서 말씀드린 미하엘 엔데 말고도 존 버닝햄, 앤터니 브라운, 아스트리드 린드그렌, 알렉스 쿠소 등 세계 어느 나라에서도 알려진 작가가 수두룩하잖아요?

그러니 제가 왜 머리가 아픈지를 짐작하시겠어요? 혹시 모르시겠다면 더 구체적으로 말씀드릴게요. 얼마 전에도 선생님의 『어느 날 구두에게 생긴 일』을 읽어 보았어요. 그러나 21쪽 "체육 시간이 문제였다. 그때 줄넘기로 혜수 뒤통수만 치지 않았어도. 그건 순전히 실수였는데…" 그 부분까지 읽다가 짜증이 나서 덮어 버렸답니다. 아시죠? 선생님은 작품에 너무 개입하고 계시다는 것을요. 마치 인형극을 조종하는 사람이 인형을 조종하듯이 황선미 작가님은 언제나 독자를 감시하고 있어요. 제 조카도 읽어보고는 엄마처럼 누군가 늘 옆에서 감시하고 있는 것 같다고 그래요.

황선미 선생님, 독자는 간섭 받는 것을 싫어해요. 그것은 아이나 어른이나 마찬가지지요. 제 아들은 PC로 영화볼 때 내가 들어가면 그냥 꺼버려요. 문학과 영화는 인간의 내면을 겨냥하는 거잖아요. 그렇다면 주로 나쁜 일이 많지요. 『마법의 설탕 두 조각』에서는 렝켄이 엄마 아빠에게 복수를 하고, 존 버닝햄의 『지각대장 존』에서는 존이 선생님께 복수하지요. 그런데 선생님의 책에서는 이런 플롯이 허용되지 않아요. 선생님이 만든 인물은 "영어 학원에는 정말 가기 싫다"라고 말만 하지 실천에 옮기지 않아요. 항상 망설이고 그만 두고 그리고 그때 생길 수 있는 가상의 감정을 말로 다 해 버리고요.

"영어 학원에 가지 않았다." 이렇게 행동으로 옮겨야 하잖아요. 그래야 사건이 발생되는 것이고, 독자는 "그래서, 어떻게 됐는데?"라고 긴장을 하지요. 그리고 그런 이야기는 독자에게 슬픔이나 공포, 안도 같은 감정을 갖게 하잖아요. 선생님이 우리 독자들에게 감정까지 만들어 주는 것은 정말이지 너무 싫어요. 같은 사건을 두고 독자마다 다 다른 감정을 가지는데 왜 선생님은 우리의 감정까지도 책임지려 하시나요? 독자가 왜 당신의 감정과 같은 도덕적 패턴으로 살아야 하나요? 고전 『시학』을 완성한 아리스토텔레스도 "이야기의 초보자는 인물의 감정을 말하지만 고수는 행동을 구조화한다" 말했지요.

조금 기분이 상하셨나요? 노벨상 수상작가인 토마스 만도 그랬다니 더 들으실 기분이 아닌 것은 짐작하겠어요. 그러나 이야기 나온 김에 더 할게요. 선생님 이야기는 초점이 없어요.

이것저것 나열해 놓은 재래시장 같다는 느낌이 들지요. 그리고 그런 방식은 권정생의 『강아지 똥』, 김우경의 『우리 아파트』, 전래동화 『해님 달님』, 한정아의 『우리 동네 비둘기』와 너무 비슷해요. 선생님이 쓰신 『마당을 나온 암탉』에는 심지어 같은 문단 안에도 여러 가지 감정이 교차되어 있구요. 한 페이지도 넘어가지 않아서 다른 이야기(서브 플롯)가 나오거든요. 정말 독자로서는 감당이 되질 않아요. 또 다음에는 어떤 엉뚱한 이야기가 나올까 답답하게 됩니다.

이렇게 다양한 에피소드가 연속해서 나오다 보면 초점이 맞지 않는 사진처럼 이야기에 집중을 할 수 없어요. 그렇게 긴 『모모』도 한 가지 이야기만 하잖아요? 백희나의 『구름빵』, 이호백의 『도대체 그동안 무슨 일이 일어났을까』, 존 버닝햄의 『내 친구 커트니』, 줄스 파이퍼의 『짖어봐 조지야』는 하나의 이야기에 초점을 맞추고 있잖아요. 여러 가지 에피소드로 구성되어 있는 르네 고니시의 『꼬마 니콜라』조차도 단순하다 할 정도로 하나의 주제에 집중하고 있어요. 더구나 선생님의 이야기에는 "잎싹"이니 "난용종"이니 "기역자 소풍", "스티커" 같은 은유적 가치를 띠지 않은 낯선 말들을 자주 사용하여 독자의 집중력을 떨어뜨리고 있어요. 집중력을 떨어뜨리지 않고 몰입하기 위해 작가는 어떤 노력을 해야 할까요?

그런 측면에서 르네 고니시가 쓰고 장 자끄 상뻬가 그린『꼬마 니꼴라』와 선생님의 글을 비교해 볼게요.『꼬마 니꼴라』중의 한 에피소드「부이용 선생님」입니다. 선생님이 즐겨 찾으시는 학교 생활의 일면을 그린 작품이지요. 이렇게 시작합니다. "오늘, 우리 담임선생님이 학교에 오지 않았다." 그리고는 학생 주임인 부이옹 선생님(원래 이름은 뒤봉인데 눈이 똥그래서 수프에 뜬 기름방울 같다고 아이들이 붙인 별명이다)이 대신 그들을 감독합니다. 그러나 아이들은 교실에서 축구를 하고, 선생님의 대리인인 아냥을 괴롭히고 선생님의 별명을 부르지만 결국 호랑이 선생님은 아이들의 꾀에 당하고 말지요.

선생님의 글에는 이런 상상의 자유가 없어요. 너무 실제의 교실을 옮겨다 놓은 르포 같지요.『나쁜 어린이표』는 이렇게 시작합니다. "나를 찍어준 친구가 그래도 일곱이나 돼요. 반장이 못 된 건 섭섭하지만 고작 두 표를 얻은 애보다야 낫잖아요." 이야기가 비판이나 가치 판단으로 일관합니다. 이런 이야기에서 독자는 즐거움을 얻는 대신 어떻게 하면 잘 적응할까, 그것을 배우려고 하지요. 그러다보니 이야기 전체가『라퐁텐의 우화』나 호메로스의 서사시,『심청전』비슷하게 가고 있잖아요. 채트먼이라는 분이 한 이야기지만 선생님의 이야기는 설명과 논증, 수사와 설득으로 가득하여 진정한 내러티브, 즉 진정한 문학이라 볼 수 없습니다.

선생님의 이야기가 그렇게 된 데에는 여러 가지 영향이 없는 것은 아닐 것입니다. 방정환, 권정생 식의 계몽적, 교육적, 유교적 이야기 전통에 익숙해 왔기 때문이지요. 이것이 아이의 '아이다움', 즉 아이는 어른들과는 질적으로 다른 세계를 갖고 있다는 통찰력을 뺏어간 것은 아닐까요? 그래서 선생님의 문학은 아동들을 향한 교훈과 도덕을 초월하여 그들만의 특수한 내면성과 상상, 감성을 결여하고 있어요. 이제 출판되는 아동문학들은 너나 할 것 없이 상상력을 구조화하기보다는 교육을 위한 어떤 특정 이슈나 소재에 대한 것들을 기술하는 데만 관심을 가집니다. 왕따, 폭력, 환경 문제 등에 대해서 말입니다. 그러니까 앞서 언급한 백희나 작가와 이호백 작가는 예외가 되겠지요.

예? 이것이 저의 주관적인 생각이라구요? 그래서 저는 다른 사람들이 선생님의 『나쁜 어린이표』를 어떻게 평가하나 봤어요. 문학평론가 권영민 교수님은 선생님의 작품에 대해 "결과만 보고 아이들을 판단하는 잘못된 훈육에 따른 폐해를 지적하고 있다" 말하고, 계속해서 그는 "'나쁜 어린이표'를 두려워하게 만듦으로써 결국 학교와 선생님, 나아가 어른들에 대한 불신을 심어주는 현실을 비판하고 […] 아이와 어른이 올바른 방식으로 소통해야 한다는 작품의 교훈을 느끼게 된다." 평가하고 있네요. 그렇다면 선생님의 작품이 르포나 수기, 일기, 수필과 어떻게 구별되는가요? 지금 쓰는 저의 편지와 어떻게 다른가요?

그런데 선생님의 작품은 왜 그렇게 많이 팔리지요? 내가 쓴 글은 아직 3쇄 이상 찍은 것이 없어요. 선생님의 『마당을 나온 암탉』은 100만 권을 훌쩍 넘어섰구요. 『나쁜 어린이표』 또한 150쇄를 넘어섰어요. 가히 신화적인 책이지요. 외국에서 전혀 알려지지 않은 작가의 작품이 수백만 권을 넘어섰다는 것은 많은 사람들이 사랑한다는 뜻이겠지요? 알려지지 않았다는 데 대해 기분이 상할 수도 있겠네요? 런던 도서전에서 작가상을 받았다구요? 그런데 그것 혹시 한국의 출판사에서 기획한 것 아닌가요? 그러니까 저는 이런 의심이 들어요. 아이들이 사는 것이 아니라 학교와 부모가 아이들에게 이런 책을 읽히고 싶어서 사는 것은 아닐까...

그런데 어느 날 이런 의심을 가지게 된 이유를 알게 된 계기가 있었어요. 프로이트의 정신분석을 강의하던 중이었습니다. '실수 행위'란 부분을 강의하였고, 실수의 상황을 모으던 중 재미있는 유머를 들었을 때였답니다. 아이의 교육에 '관심'이 많은 한 엄마가 친구들 틈에서 우연히 그림책을 많이 사주라는 이야기를 들었답니다. 그리고 당장 『아기 돼지 삼형제』라는 그림책을 사기 위해 서점엘 갔답니다. 그리고는 점원에게 "저기요! 아기 돼지 삼인 분 주세요." 아차 실수로 말을 했네요. 그러나 실수는 단순하지 않습니다. 그 안에 어떤 의도를 포함하고 있기 때문이지요. "이 책을 사주느니 차라리 내가 돼지고기 3인 분 사먹는 것이 낫겠다"라는 의도 같은 것 말이지요.

역설적으로 들릴지 모르겠지만 동화(아이의 이야기)는 아이가 아니라 어른이 쓴다는 사실입니다. 그리고 동화를 쓰는 사람도 어른이지만 동화책을 사는 사람도 아이가 아니라 어른입니다. 그러니 자칫 아이들의 세계는 아이가 원하는 세계가 아니라 어른이 원하는 세계가 될 수 있습니다. 어른이 아동의 세계를 모르고 아동문학이 무엇인지 모르고, 아동문학의 기능이 무엇인지 모르는 한, 앞으로도 선생님의 동화는 꾸준히 팔릴 것입니다. 중세 시대 우리는 아이의 모습을 어른의 축소판으로 그려 놓았습니다. 그러나 이제는 아이의 아이다움이 발견되고 그려지고 있습니다. 이제 어른들이 원하는 세계는 그만 강요했으면 합니다. 불편한 이야기를 드려 죄송합니다. 다음에는 선생님의 작품에 열광하는 일이 생기길 바랍니다.

15 쾌락주의자
사드의 고민

'사디즘'이라는 말을 있게 한 사람 사드. 우리는 그를 가학음란증 환자,
정신병자로만 여기지만 그는 책을 집필하고 쾌락에 스스로를 내맡기고
자신을 실험한 자다. 그는 왜 이런 행동을 한 것일까? 그리고 그의 행동은
인간에게 무슨 의미를 부여하는가?

사드의 고민이라기에 혹시 사드Thaad 미사일을 생각했던 독
자는 실망했을 것이다. 내가 말하는 사드는 마르끼 드 사드,
즉 사드 후작(1740~1814, 본명은 도나시엥 알퐁스 드 사드)을
말한다. 1814년 12월 2일 그가 죽었으니, 내가 글을 쓰는 오늘
이 그의 200주기가 되는 날이다. 우리나라에서는 아직까지 금
서로 지정되어 있고(물론 일부 번역되어 있기는 하다), 그의 작
품에 등장하는 온갖 잔혹하고 혐오스런 성적 행위는 정신병자
의 그것으로 낙인찍혀 있다.

그의 이름은 독일 출신의 성性 연구가인 '리하프트 폰 크라프트-에빙'에 의하여 '사디즘'이란 고유명사의 원천이 되었다. 그는 채찍질을 비롯해서 쾌락을 위한 갖가지 체험과 실험에 몰두했다. 매춘부들과 성행위를 하면서 채찍질을 한 것은 물론이고, 몸에 칼로 상처를 내고 뜨거운 밀랍을 붓는 등의 끔찍한 폭행을 가했다. 이 일로 사드는 결국 감옥 신세를 졌고, 이런 사건들이 오늘날까지 회자되며 대중에게 확실한 악명을 각인시켰다.

이런 이유로 우리는 카사노바나 사드를 단순히 도덕의 적으로만 생각하지 그들의 인류학적 의미에 대해서는 생각해 보지 않는다. 그리고 바람둥이나 사디즘, 마조히즘, 또는 가학음란행위나 공연음란행위, 동성애 등에 대해서 그저 정신병이나 변태로 치부할 뿐이지 그런 증세를 가진 사람들의 속사정에 대해서는 더 이상 어떤 생각도 하지 않는다. 어쩌면 우리 사회에서는 그들에 대한 언급 자체만으로도 변태가 될 수 있다는 두려움을 갖고 있을지도 모른다.

철학자 이상으로 사드는 쾌감에 대해 고민을 하였던 것 같다. 아니 오히려 그는 자기 몸으로 직접 체험까지 한 것을 기록

하였으니(『쥐스틴 또는 미덕의 불행』, 『소돔 120일』) 쾌감을
말한 아리스토텔레스나 에피쿠로스, 스토아 학파를 능가하는
쾌감의 철학자라 해야 할 지도 모른다. 그러나 그간 서구에서
는 그를 단지 변태 성욕자로만 몰아가지 않고 그를 하나의 현
상으로 보고 있다. 이를테면 『계몽의 변증법』을 쓴 아도르노와
호르크하이머는 '사드' 현상이 계몽의 반대가 아니라 오히려 계
몽이 빚어낸 논리적 결과라는 주장을 편다.

   계몽의 결과? 그렇다. 사드의 생각은 계몽주의자의 원칙에
기초하고 있다. 계몽은 인간이 경험을 통해서 배운다는 점, 그
리고 자유로운 자기실현의 권리를 갖고 있다는 점에서 사드와
일치한다. 이런 측면에서 사드는 오히려 계몽의 논리를 적극적
으로 실천한 것이다. 다만 방법이 다를 뿐이었다. 『쥐스틴 또
는 미덕의 불행』에 보면 주인공은 간수들이 자기가 목감기에
걸렸는데 약을 주지 않았다고 제소한다. 기실 자신은 창녀들과
아이들을 고문하고 학대하여 투옥되었는데도 말이다.

   그러니까 우리는 계몽이나 철학이라는 차원에서 논하지 않
아야 그를 직시할 수 있다. 그러면 그가 고민한 것은 무엇일까?
바로 쾌감이다. 톨스토이의 『안나 카레니나』 서문은 이렇다.

"모든 행복한 가정은 저마다 비슷하게 행복한데 모든 불행한 가정들은 저마다 불행한 이유가 있다." 쾌감도 비슷하다. 불쾌감은 오래 각인되지만 쾌감은 그냥 그렇다. 새 차를 살 때만 쾌감이 있었고, 처음 만날 때만 마음이 설레지 시간이 지날수록 더 이상의 쾌감은 없었다. 예쁜 여자, 돈 많은 남자, 맛있는 음식도 마찬가지다. 그런 사람들과 사는 사람들은 스스로 그것을 의식하지 못한다.

그러니까 사드의 고민은 쾌감이 오래 지속된다 하더라도 기억에 남지 않는다는 점이었다. 인간에게 행복은 쾌감이 언어로 전환되어 (다시 말해 스토리가 되어) 의식의 영역으로 넘어오기 전에는 온전한 쾌감이 아니다. 그러므로 본능에 의존하는 아이나 동물에게 행복이란 말은 불가능하다. 그렇기 때문에 부부간에도 매번 새로운 사랑의 의식행위가 없으면 (가끔씩 그런 것이 변태로 오인 받기도 할 수 있다) 지루해지고, 파트너가 다른 파트너를 찾아 나서거나 바람을 피우는 동기를 제공할 수 있다. 물론 부부간의 성적 쾌감은 성행위 이외의 분위기나 언어에 의해 도움을 받을 수도 있다.

근래에 모 검사장이 공연음란행위로 사회적 파장을 일으킨 문제는 다른 사람에게는 끔찍하게 느껴질지 모르지만 정작 본인에게는 (본인의 내면에는) 아무렇지도 않다. 마찬가지로 사드의 입장에서는 다른 사람의 불쾌감은 문제되지 않는다. 다른 사람의 고통이 오히려 그에게는 쾌감을 불러일으킬 수도 있다. 그에게 중요한 것은 일반적인 성애는 그저 빨리 지나가버리므로 어쨌든 시간을 붙잡아 두어야 한다는 점이었다. 시간을 붙잡는 것은 물리적으로나 심리적으로 불가능하다. 그러므로 그는 의식에 이 쾌감을 붙잡아 두기 위해 가학적 음란행위를 한 것이다. 상대가 고통이나 두려움을 느낄 때 그는 쾌감을 얻기 때문이다.

우리는 항상 느낀다. 기쁨의 시간은 왜 그렇게 빨리 지나가는지, 그리고 고통의 순간은 왜 그렇게 천천히 지나가는지. 그러니까 단순한 쾌감만으로는 인간이 행복감에 이를 수 없다. 이것은 빈둥거리고 놀더라도 그 빈둥거림이 주는 쾌감의 상태를 의식할 경우 행복감을 얻는 경우에도 적용된다. 만약 빈둥거림이 쾌감을 주지 않는다면 아무리 돈이 많아 무위도식하는 사람이라도 행복하지 않다. 프로이트는 누구나 짧은 시간은 사디스트가 된다고 말했다. 나는 말한다. 누구나 다른 사람에게 피해를 주지 않을 경우에는 사디스트가 되어도 좋다.

그러나 마시멜로의 실험 이야기는 우리에게 다른 가능성을 보여준다. "선생님이 4살 된 아이들에게 마시멜로 사탕이 한 개 들어있는 접시와 두 개 들어있는 접시를 보여준다. 지금 먹으면 한 개를 먹을 수 있지만 선생님이 돌아올 때까지 먹지 않고 있으면 두 개를 주겠다고 한다." 끝까지 참고 기다린 아이가 성공할 확률이 높다는 것이다. 마시멜로를 먹어버리고 싶은 욕망의 충족을 미룰 수 있는 아이가 성숙한 아이다. 세헤라자데가 들려준 천일야화를 듣기 위해 끝까지 사람을 죽이려는 욕망을 자제한 술탄 왕이 성숙한 어른이 되었다.

동물들은 섹스를 한다고 말하지 않는다. 번식하거나 교미한다고 말한다. 사람들은 누구나 섹스를 할 수 있다. 그러나 오늘날 성적 쾌감 없이 섹스를 하는 사람도 많고 중세 서양에서는 심지어 성을 죄악시하였다. 그러므로 섹스는 쾌감만을 주는 것이 아니다. 성적 행위가 행복감으로 이어지지 않는다면 그것은 고통일 뿐이다. 그리고 또한 성적 쾌감만으로는 행복에 이를 수 없다. 그렇다면 사드의 내면은 정신병자 아니면 성기기에 고착된 어린 아이일 것이다. 사드의 고민, 즉 그가 저지른 반인륜적인 행위는 오늘날 마시멜로 이야기로 되돌아왔다.

16 청와대에 "유령이 돌아다니고 있다"

얼마 전 청와대에 쥐가 나온다고 소동을 벌이더니 이젠 유령이 돌아다 닌다고 한다. 이 유령의 실체가 무엇인가? 내가 보기엔 권력자만 바라보 는 해바라기들의 권력 투쟁이자 그들의 말이다. 아니 권력자 자신일 수도 있다. 우리는 근래에 그런 유령들이 자주 출몰하는 것을 본다.

벌건 대낮에, 민주주의가 살아있다는 대한민국의 청와대에 "유령이 돌아다니고 있다". 어디서 많이 본 것 같은 문구가 아 닌가? 그렇다! 1848년 2월의 공산당 선언은 이렇게 시작한다. "유령이 유럽을 돌아다니고 있다 ― 공산당이라는 유령이". 마 르크스와 엥겔스가 시작한 공산당 선언 만큼이나 특이하게도 실체 없는 유령은 청와대 주변을 돌아다닌다. "이제까지의 모 든 사회의 역사는 계급투쟁의 역사이다."란 문구를 "이제까지 의 모든 한국의 역사는 문고리 권력의 역사이다."라고만 바꾸 면 되기라도 하는 듯.

2014년 청와대 뒤에 있는 권력의 실체가 보일 듯 말 듯 하다. 왜냐하면 그것이 유령이기 때문이다. 이른바, 정윤회라는 사람을 정점으로 십상시, 문고리 권력, 비서관, 비서실장이라는 이름들 사이를 오가는 유령을 우리는 잡을 수 없다. 그리고 설령 그 유령을 잡는다 하더라도 그것은 그냥 특정한 사람에게만 보이는 것일 뿐이기에 실체가 모호할 것이다. 이제 '유령은 무엇인가?'라는 질문이 '누가 유령인가?'라는 질문으로 변해 버렸다. 하지만 실제로 그 유령을 잡는다 한들 우리가 생각하고 믿는 그 '유령'은 아닐 것이다.

김훈의 『칼의 노래』에 보면 임진년(1592년) 조선에도 길삼봉이라는 유령이 있었던 것 같다. 김훈은 이렇게 서술한다. "길삼봉이라는 이름의 허깨비가 구름을 타고 돌아다니며 산천에 피를 뿌리고 있었다. 길삼봉이 지리산 피아골에서 역모의 군사를 기르고 있다는 것이었다." 그러나 정작 "길삼봉이 누구인지는 알 수 없었으나, 길삼봉을 보았다는 이들은 전국에서 속출했다." 길삼봉의 신상에 대한 소문은 끝없이 만들어졌다. 길삼봉이라는 유령은 여러 곳에서 끊임없이 출몰하는데 길삼봉은 없었다.

그러자 '길삼봉이 어떤 사람이냐?'라는 질문은 이제 '누가 길삼봉이냐?'라는 질문으로 바뀌어간다. 제일 먼저 정여립이 길삼봉으로 지목되었고, 결국 그는 자살하였다. 그의 정체는 "천하는 공물이라 주인이 따로 없다"라는 죄목으로 정리되었다. 다음으로는 최영경이었다. 그는 감옥에서 꼿꼿이 죽었다. 그리고 이들에게 연루된 자들 천여 명 또한 죽임을 당했다. 보이지 않는 유령이 보이는 사람을 수도 없이 많이 죽였다. 지금 우리 상황이 그렇다. 이름이 오르내리는 사람은 물론이고 대통령, 정부, 국회, 국민 도대체 얼마나 죽이고서야 이 유령은 정체를 드러낼 것인가? 아니 도대체 그 유령은 누구란 말인가!

김기춘 비서실장은 '유령'에 대해 이렇게 말한다. "문건의 내용이 사실 확인도 안 돼 있고 증거도 없었다. 유령과 싸우고 있다." 새정치민주연합 비대위원장 문희상의 말씀이다. "대통령께 말씀드립니다. 국민이 지적하는 문제의 핵심은 비선실세들에 의한 국정운영 시스템 붕괴입니다. 이 나라가 공직시스템이 아닌 몇몇 비선실세에 의해 좌지우지되고 있지 않나 그걸 지적하는 겁니다." 유령을 제일 먼저 본 박지원 의원의 유령을 잡기 위한 충고는 이렇다. "대통령 말씀대로 국기문란 사건 이후 지위고하를 불문하고 일벌백계한다고 하면 어떻게 검찰이 권력 최고의 핵심인물인 청와대 비서실장, 문고리 권력을 수사할 수 있나."

이런 비슷한 사건은 2008년에도 있었다. 미네르바라는 필명의 아무개 씨가 인터넷 포털사이트 〈다음 아고라〉에서 2008년 하반기 리먼 브라더스의 부실과 환율 폭등 및 금융 위기의 심각성 그리고 당시 대한민국 경제 추이를 예견하는 글을 실어서 허위사실유포혐의로 체포 및 구속되었다가 무죄로 석방된 사건이다. 이 '유령'은 나중에 박모 씨라는 인물로 밝혀졌지만 아무도 그를 그 '유령'이라고 믿지 않았다. 오히려 스스로 유명해지기 위해 실제 '유령'을 자칭하였다고 생각하였다.

성격은 조금 다르지만 '타진요' 사건도 마찬가지였다. 소위 '타블로에게 진실을 요구합니다'라는 이름의 카페에서 시작된 타블로의 학력위조 논란은 실로 엄청난 파장을 몰고 왔다. 타블로가 스탠퍼드대학교의 졸업장, 졸업 사진, 동기와의 사진을 보여 주었음에도 불구하고 '타진요'는 모든 진실을 부인하며 타블로가 스탠퍼드를 졸업했을 리가 없다면서 끝까지 물고 늘어졌다. '유령'은 진리를 원하지 않는다. '유령'은 믿음을 원한다. 아무리 제대로 된 진리를 갖다 대도 믿지 않은 '유령'은 더욱 다양하게 나타난다. 가족까지 나서고, 고소를 하고 법정까지 가고, 진리라는 법의 심판이 있고 그 유령이 체포되었음에도 '유령'은 계속 출몰하였다.

15세기 덴마크 왕가에서 일어난 일을 다룬 『햄릿』(1601)에는 선왕의 유령이 나타나지만 지식인인 햄릿은 이를 믿지 못한다. 그래서 그는 그 유령의 말이 사실인지 알기 위해 극중의 극을 만들어 내어서 확인한다. 1910년 가스통 르루의 『오페라의 유령』에서는 누구보다 뛰어난 예술적 재능을 타고났지만 흉측한 외모 때문에 오페라하우스 지하 비밀 은신처에서 '오페라의 유령'이 되어 버린 사람의 순수한 마음을 '유령'이라는 예술로 변용했다. 이들 유령들은 계시를 하고, 진리에 이르게 하고, 신비스러운 존재를 보게 하여 관객들에게 진리가 무엇인지, 아름다움이 무엇인지 체험하게 한다.

비록 지난 세기에 무기력하게 된 그 유령, 즉 유럽을 배회하였던 공산주의라는 유령은 적어도 인류사에 의미 있는 흔적이라도 남겼다. 그 유령은 옛 유럽의 모든 세력들, 교황과 차르, 메테르니히와 기조, 프랑스 급진파와 독일 경찰과 맞서 싸우기라도 했다. 그러나 청와대에 출몰한 그 '유령'은 신비주의와 개인숭배 사이에서 만들어진 구시대의 '유령'이다. 그것은 권력자 스스로가 만든 '유령', 소통을 하지 않는 권력과 그 권력만 바라보는 파당이 만든 '유령'이다. 그 '유령'을 두고 김훈은 탁월한 결론을 내린다. "아마도 길삼봉('유령')은 임금 자신일 것이었다. […] 조정 대신 전부였을 것이다. 그리고 그들의 언어는 길삼봉이 숨을 수 있는 깊은 숲이었을 것이다."

17 대한항공에서
내려야 할 사람은?

자기가 임원으로 있는 대한항공의 비행기 안에서 조현아 부사장이 사무장을 내리게 하는 갑질을 하였다. 그런데 설상가상으로 대한항공은 안전이 무엇인지도 모르는 변명으로 일관하고 있다. 도대체 비행기에서 누가 내려야 했나?

2014년의 대미를 장식한 사건, 조현아 대한항공 부사장이 이륙 직전 비행기를 되돌려 승무원을 내리게 한 것과 관련해 엄청난 논란이 일었다. 그리고 보니 그녀의 행동은 필자가 칼럼집 『을의 언어』에서 강조한 '갑의 언어'를 닮아 있다. "내려!" 갑은 그렇게 간단하게 말하면 된다. 왕이나 CEO, 그리고 신만이 할 수 있는 단순하고 명료한 말이다.

그에 비해 사무장인 을은 복잡하게 말해야 한다. 아마도 "지금 이륙을 하는데 무슨 땅콩을 가져다 달라는 말입니까? 그리고 봉지 째 가져다주면 안 된다는 말은 무슨 말입니까? 무슨 매뉴얼을 지금 어떻게 찾으란 말입니까? 그리고 문제가 있다면 한국에 들어가 지상에서 해 주십시오." 등등 을이 갑에게 해야 할 말은 복잡했을 것으로 추론된다.

아버지 잘 만나 갑이 된 조현아 부사장에 대한 대한항공의 비호는 더욱 이해가 가지 않는다. "대한항공 전 임원들은 항공기 탑승 시 기내 서비스와 안전에 대한 점검 의무가 있다"라고 주장한다. 맞는 말이다. 그런데 임원의 안전 점검 의무는 어디서 수행되어야 하는가? 그것은 '지상에서' 이루어질 일이지 이륙한 비행기 안에서 이루어질 일이 아니다.

우리가 운전대를 잡고 D에 레버를 옮기는 순간 음주운전일 수 있듯이, 비행기의 이륙이란 비행기가 출발하려고 문을 닫는 순간이다. 그때부터는 안전 점점 의무가 기장에게 있다. 그렇기 때문에 대한항공의 기장은 사무장이 아니라 이때 갑질을 한 조현아 부사장을 비행기에서 내리게 해야 했다. 왜냐하면 비행기가 출발하고 난 뒤 다시 회항을 한다면 승객들이 '기체에 무슨 일이 있나?' 하고 불안해 하기 때문이다.

대한항공의 변명은 뻔뻔하다. 이들은 "조현아 부사장은 기내 서비스와 기내식을 책임지고 있는 임원으로서 문제 제기 및 지적은 당연한 일"이라고 주장한다. 그런데 이것이 문제제기로 끝난 것이 아니라 비행기를 돌렸다면? 국토교통부가 조사하여야 한다고 하지만 이 일의 잘잘못은 이미 누구나가 아는 사실, 대한항공은 조현아 부사장을 대한항공에서 퇴출시켜야 한다. 아니면 조현아 부사장이 대한항공을 퇴출시키는 일이 발생한다.

그리고 대한항공과 조현아 부사장은 당시의 사무장에게도 사과하고, 아무 일 없이 그가 제자리로 돌아와 일을 할 수 있게 해야 한다. (필자 주: 현재 이 사건으로 조현아 부사장은 회사에서 사퇴를 하였고 1심에서 실형을 선고받고 항소 중에 있다.) 비행사 임원이 아닌 다른 회사의 임원도 '라면 상무'라는 비난을 받고 퇴출되었다. 하물며 조현아 부사장은 항공사를 경영하는 임원으로서 법을 어겼지 않은가! 비행기가 이동하는 동안 비행기는 하나의 국가고 기장은 국가의 원수다. 비행기 내에서 대통령도 못하는 일을 한 임원은 퇴출이 적절하다.

그리고 그 비행기의 기장이 회항을 한 일은 기체 고장이나 테러범의 등장이 아니고서야, 즉 어쩔 수 없는 불가피한 상황이 아니고서야 해서는 안 되는 일이었다. 그러므로 이제 부사장뿐만 아니라 진짜 매뉴얼을 숙지하지 못한 기장 또한 비행기에서 내리고 대한항공에서 퇴출되어야 한다. 기장과 부사장 모두 대한항공에서 내려야 한다. 만약 그렇지 않으면 안전을 위해서 우리 모두가 대한항공에서 내려야 할지도 모른다.

18 K팝스타가
나를 춤추게 한다

K팝스타는 이제 더 이상 신세대만의 프로그램이나 노래가 아니다. 전
국민이 즐기는 오디션 프로그램이자 노래다. "공기 반, 소리 반"이라는
주문을 펴는 박진영의 말로 유명세를 떨친 이 프로그램이 전국민을 황홀
하게 만드는 이유는 무엇일까? 그것은 바로 한국인의 DNA가 출연자들의
노래에 묻어 있기 때문일 것이다.

2014년 11월 SBS 〈K팝스타 시즌 4〉가 시작되었다. 시즌 3까
지는 공부하는 고3 아들 때문에 그저 눈치 보면서 같이(!) 보았
지만 이제 수능이 끝나고 지난 11월 23일 시즌 4가 재개되면서
지난 일요일 3회까지를 마음 놓고 보게 되었다. 트로트나 클래
식 가곡 이런 것들만 알던 사람이 K팝스타의 노래들을 좋아하
다니 이것을 도대체 어떻게 설명할 수 있을까? 물론 아직까지
도 서양에서 시작된 팝 음악은 나를 사로잡지 못한다. 그것은
그저 그 시대, 그 문화라고만 여겨질 뿐이다.

더군다나 동남아로, 유럽으로 기회 있을 때마다 가보면 K팝으로 나의 정체성이 보장될 때가 많다. K팝에 열광한 청소년들이 거꾸로 나를 한국 사람으로 만들어준다. 그런 K팝스타를 만드는 오디션 프로그램은 나의 관심을 끈다. 특히 다른 오디션 프로그램과 다른 〈K팝스타〉만의 장점은 더욱 이 프로그램을 매력적으로 보게 한다. 거기에는 이야기가 있고, 심사자들은 자기만의 고유한 음악 이해를 쉽게 풀어서 말해 준다. 참가자들 또한 그런 심사자들의 취향만큼이나 다양한 끼(스타일)를 보여 준다.

〈K팝스타〉의 노래 장르는 감성 발라드, R&B, 힙합, 록, 인디음악 등 다양하게 이루어져 있고, 참가자들은 6살부터 30대에 이르기까지, 그리고 국적도 미국, 캐나다, 오스트리아, 오스트레일리아에 이르기까지 다양하다. 이들에게 하나의 공통점이 있다면 이들이 모두 K팝이라는 카테고리의 노래를 부른다는 점이다. 그렇다면 K팝, 즉 한국의 팝은 원래의 팝과는 다른가? 내가 말하고자 하는 점은 바로 이 점이다.

첫 방송에서 심사위원들로부터 극찬을 받은 이진아가 스스로 작사, 작곡한 노래다.

"너와 손을 잡고 걸어갈 때면/ 나는 항상 노랠 부르지/ 랄라라 이상하게도 너와 있을 때면/ 시간이 도망가 버리네/ 시간아 잠시 동안만 멈춰 줄래/ 너는 너무 빨리 가는 것 같아/ 조금만 아주 조금만 천천히 천천히 가주겠니/ 어떻게 이럴 수 있니/ 하루가 금방 지나가/ 너와 항상 있다간 할머니 되겠네/ 이 기분이 영원히 갈까"

우리가 여기서 주목해야 할 부분은 이전 시대에 비교해서 노랫말(가사)이 크게 뛰어나지 않다는 점이다. 노랫말은 과거의 사람들이 불렀던 이진섭 작곡, 박인환의 〈세월이 가면〉이라든가, 유심초의 노래 〈어디서 무엇이 되어 다시 만나랴〉(김광섭의 시 「저녁에」) 이런 것과 비교하면 〈K팝스타〉에 등장하는 가수들의 분위기가 선배들의 그것보다 질적으로 하락한 것처럼 보인다. 시는 산문에 가까워지고 가창력은 몸의 언어로 대체된다.

그러나 이런 언어적 손실에도 불구하고 증후라고까지 표현할 수 있는 영혼의 측면에서는 오히려 앞의 것들을 능가한다. 이진아의 목소리는 평범하지 않다. 그 평범하지 않은 목소리로 산문인 노랫말을 시적 서정으로 끌어올린다. 심사위원들조차 그의 노래를 어떻게 평가할지 모르겠다고 한 것은 그 노래에 원래 원시제의나 주술에서 사용했던 그런 힘과 영혼이 있다는 뜻이다. 그것은 오히려 「정읍사」 같은 고려(백제)속요가 가지는 그런 주술적인 원망顯望과도 유사하다.

> "달아 높이 돋아서/ 어기야 멀리 비추어라/ 어기야 어강됴리/ 아으 다롱디리/ 시장에 가 있는가/ 어기야 진 곳을 디뎌서는 안 되는데/ 어기야 어강됴리/ 어느 곳에다 발을 놓고 있을까/ 어기야 내(당신) 가는 곳에 달이 저물까/ 어기야 어강됴리/ 아으 다롱디리"(박병채 번역을 내 방식의 현대 한국어로 바꾸었다)

이진아의 약간은 허스키하고, 내 말로 하자면 '귀신이 씨나락 까먹는 소리' 같은 음성은 관객의 영혼을 몰입하게 하여 그것을 한꺼번에 빼앗아 가 버린다. 노래는 관객에게 가사 자체로 표현하지 못하는 어떤 계시, 증후, 슬픔을 강제한다. 그것이 시각이나 청각 매체가 발전하지 않았던 시대의 「정읍사」나 「처용가」, 「구지가」의 주술성을 대체하고 있다고 보면 된다. 리듬의 반복은 말할 것도 없고, 근심을 해소하고 소망을 비는 내용은 고스란히 속요의 감성을 K팝에 DNA처럼 전달하고 있다.

두 번째 방송에 등장한 이설아의 노래는 '네이버캐스트(http://navercast.naver.com/)' 100만 뷰라는 관심을 불러일으켰다. 이 노래의 노랫말은 이진아의 노래보다 더 일상적이다.

"늦은 밤 선잠에서 깨어/ 현관문 열리는 소리에/ 부시시한 얼굴/ 아들, 밥은 먹었느냐/ 피곤하니 쉬어야겠다며/ 짜증 섞인 말투로/ 방문 휙 닫고 나면/ 들고 오는 과일 한 접시// 엄마도 소녀일 때가/ 엄마도 나만할 때가/ 엄마도 아리따웠던 때가 있었겠지// 그 모든 걸 다 버리고/ 세상에서 가장 강한 존재/ 엄마,/ 엄마로 산다는 것은/ 아프지 말거라, 그거면 됐다."

이 노래는 그냥 들으면 우리가 언제든지 만날 수 있는 그저 그런 일상적 내용이다. 그러나 이 노래는 "방문 휙 닫고 나면"과 "들고 오는 과일 한 접시" 사이에, 그리고 "엄마로 산다는 것은"과 "아프지 말거라, 그거면 됐다" 사이에 우리가 감정적으로 메워야 할 깊이가 있다. 이 사이에서 멜로디나 리듬, 감성이 우리를 울컥하게 만든다. 그래서 많은 사람들이 이 노래를 듣는 중에 울었다. 이런 생략은 서양의 팝과는 아주 다른 요소다. K팝은 내면성을 말하지 않고 드러내는 그야말로 비표출적 노랫말의 전형을 보여 준다.

16살 소녀 박윤하가 부른 노래 〈슬픈 인연〉은 다른 사람의 것이지만 자기 노래로 보일 정도다. 30년 전에 나미가 부른 노래를 전혀 새로운 노래로 만들었다. 16살 아이의 마음에도 수 백 년, 수천 년이 지난 조상의 DNA가 남아 있다. 그 DNA가 음악적 용어로 농현(떨림과 감정적 수식)이라 하든지, 루바토 ('택견'할 때의 발동작처럼 리듬이 정확한 박자로 시작하지 않 는 것, 엇박자 같은 것)라 하든지, 3박자의, 발라드의 리듬이라 든지, 조성의 특성이라고 하든지 나는 잘 규정하지 못하지만 어쨌든 나미보다 더한 우리 리듬의 DNA로 부른 것을 심사자들 은 지적한다.

박윤하의 끊어질 듯한, 우는 듯한 소리, 거친 또는 끊어지는 (한)숨소리 같은 것들은 분석적인 시각으로 볼 때 분명히 판소 리나 고전 속요 같은 우리의 노래에서 물려받은 것들이다. 나 는 혼이 나간 채 〈K팝스타〉를 시청한다. 때로는 울기도 하고, 웃기도 하고, 그들의 모습에 대견스러워 하기도 하고, 때로는 답답해 하기도 한다. 그러면서 마치 신께 소원을 빌 때의 나의 모습을 발견한다. 귀신을 쫓을 때 우리 조상의 모습을 상상한 다. 죽음 앞에서, 또는 이별 앞에서 흔들리는 나의 영혼을 다시 경험한다. 〈K팝스타〉의 노래들에서 글자 사이로 사라진, 원시 시가詩歌의 탄원, 저주, 축복, 주술 같은 것들이 춤과 노래로 되 돌아온다.

"말하듯이", "이야기하듯이"(박진영의 주문) 부르라고 하는 노래 뒤에서 우리는 역동적으로 움직이는 원시 한국인의 정서를 체험할 수 있다. 리듬을 탄 노래와 몸 동작에는 이런 강제하는 힘과 도취가 있어서 우리를 행복의 절정감에 이르게 한다. 노랫말이 현실을 의식하게 한다면 리듬의 반복은 현실을 망각하게 하는 힘이 있다. 그렇기 때문에 외국의 팝을 모방하거나 다른 가수의 노래를 모방하는 것은 우리를 도취에 이르지 못하게 한다. 근대의 노래들이 언어적으로는 우수하지만 트로트 같은 일본 풍, 팝이나 재즈, 소울 같은 미국 풍, 칸초네나 리트 같은 유럽 풍의 리듬을 타는 한, 나를 도취시키지 못한다. 〈K팝스타〉의 한국인 고유의 리듬만이 나를 춤추게 한다.

19 '조현아 사건'과
공론장의 구조변동

재벌2세, 3세만 문제인가

대한항공의 '땅콩회항' 사건은 공공의식이 무엇인지를 보여 준다. 특히
개인의 행위가 공론장에서 어떤 결과를 초래할 수 있는지를 극명하게 보
여준 사건이다. 어렵지만 독일의 철학자 하버마스의 견해를 가져와 이
문제를 성찰해 본다.

공론장이란 무엇인가? 이 말은 사적인 영역에 대비되는 공공
의 영역을 뜻한다. 쉽게 말하면, 집에서 우리 아빠이지만 학교
에서 교사인 것과 같다. 집에서는 아빠로서 딸에게 뽀뽀를 해
줄 수 있지만, 학교에서는 하지 않는 이유와 같다. 이런 공론장
에 대한 의식이 우리 문화에 매우 부족하다. 내 집 앞 도로에
주차하는 것, 그러나 불편한데도 아무도 그에 대해 시비하지
않는 것은 바로 사적인 영역에 공적인 영역이 그 권리를 양도
하는 것이다. 비행기에서 난동을 부리고 소리치는 것도 그런
시민적 공론장에 대한 학습 부족에서 온 일이다. 그런데 이 공

적인 영역도 공론장이라는 개념으로 시대에 따라 변화한다.

'땅콩회항' 사건은 자기 회사의 비행기에서 오너의 딸이 마음대로 할 수 있다는 공론장 '조현아'와 비행기 탑승객으로서의 의무를 다해야 하는 공론장 '조현아', 즉 기장과 사무장의 지시를 따라야 하는 '조현아' 사이의 차이를 인지하지 못한 데서 발생한 사건이다. 유르겐 하버마스는 앞의 경우를 상징적 공론장repräsentative Öffentlichkeit, 뒤의 경우를 시민적 공론장bürgerliche Öffentlichkeit이라고 보았다. 그러니까 상징적 공론장의 경우는 왕홀, 복식, 요대, 관모 등의 상징으로 나타나는 신분에 의해 만들어진 공론장을 말한다. 그러나 시민적 공론장은 합리성, 지식, 능력, 위치 등에 의하여 결정되는 공론장을 말한다. 그러니까 전자는 사적인, 후자는 공적인 공론장에 가까운 것이다.

가끔씩 수업을 하다가 학생들이 출석 체크에 항의하는 경우가 있다. "교수님, 왜 내가 내 돈 내고 안 나오는 수업을 교수님께서 다시 출석 점수로 이중 처벌하시나요?"라고 항의할 때가 대표적인 경우다. 이 경우와 비슷한 것이 "왜 내가 안전띠를 안 매고 운전한다 하여 경찰은 그것을 처벌하나요?"라는 질문이다. 두 질문 모두 시민적 공론장이 형성되지 않은 의식을 가진 사람이 주관적으로 하는 질문들이다. 왜냐하면 시민적 공론장에서는 변증법적 사고를 요구하기 때문이다. 출석을 하지 않는 것은 그 학생이 다른 학생이 받아야 할 교육의 기회를 빼앗는 것과 같다. 이렇게 보면 국가는 구성원들을 잘 교육해서 국가의 경쟁력을 가지도록 해야 하는데 이를 방해하는 행위가 된다. 더구나 등록금의 상당 부분을 국가가 부담하고 있지 않는가!

하버마스는 괴테의 『빌헬름 마이스터의 수업 시대』라는 작품의 에피소드로 이 두 공론장을 구체적으로 설명한다. 작품의 주인공 빌헬름은 어린 시절 성경에 나오는 이야기를 재미있는 인형극으로 체험한다. 다윗과 골리앗, 야곱과 에서 같은 이야기들 말이다. 그런 체험으로 인해 그는 연극 배우가 되고 싶어하는데, 아버지와 자신의 친구인 베르너는 한사코 이에 반대한다. 이유는 지금 시민 사회에서는 '네 아버지는 무엇을 하느냐?' 또는 '네 신분은 무엇이냐?'로 살 수 있는 시대가 아니며 그보다는 '너는 무엇을 아느냐', '너는 무엇을 할 줄 아느냐'는 능력에 따른 삶을 요구한다는 것이다. 이것이 소위 베르너와 빌헬름의 아버지가 배우를 반대하는 이유로서, 하버마스가 말하는 시민적 공론장이다.

조현아 씨로 대표되는 우리나라 재벌 3세들에게는 물론이려니와 시민들 (국민들이 아니다!) 모두가 이런 시민적 공론장을 체험하지도 학습하지도 않았다. 그저 지금 익혀 가고 있을 뿐이다. 그런데 언론은 이 문제를 재벌 1세는 괜찮았는데, 재벌 2세나 3세가 문제가 있다는 식으로 호도하고 있다. 그렇기 때문에 이런 문화의 담지자인 우리 모두는 공론장의 구조 변동에 대한 교육과 학습을 해야 한다. '나는 조양호의 딸이다.' '나는 내가 타는 비행기를 마음대로 할 수 있다.' 그리고 '매뉴얼이야 어떻든 (나는 매뉴얼을 만든 사람이다!) 내게는 땅콩을 접시에 내와야 한다.' 그리고 '어른이 뭐라고 하면 (나이가 아니라 신분으로서!) 무조건 무릎 꿇고 사죄할 일이지 어따 말대꾸를 하는가!' 이런 식의 말과 행동은 내가 보기에 '짐은 곧 국가다'란 말과 비슷하게 들린다.

매뉴얼이라는 것은 시민적 공론장을 말해 준다. 상징적 (대표적) 공론장에서는 예의와 명령이 중요하였다면 시민적 공론장에서는 법과 매뉴얼이 중요하다. 뒤집어서 살펴보자. 땅콩을 따는 순간 승무원의 손이 땅콩에 닿으면 위생적인 문제가 발생할 수 있기에 그렇게 하지 말라고 매뉴얼은 규정하고 있다. 소리치고 맘대로 하려면 아예 브루나이의 왕처럼 전세기 직접 몰고 가지 왜 다른 사람들을 동승해서 가는가? 다른 사람들에게서 항공료를 받고, 자기도 내고 간다는 것은 자신의 행동이 시민적 공론장에 적합하게 해야 한다는 것을 의미한다. 그리고 승무원과 사무장은 자신이 노동을 제공하고 월급을 받는 것이지 대한항공 임원의 명령대로 따라야 할 하인이 아니다.

그의 아버지 조양호 회장의 문제도 심각하다. 그도 '공론장의 구조변동'을 겪어 보지 않은 사람이다. 자식을 제대로 교육하지 못했다는 것은 무슨 말인가? 이미 딸은 나이 40을 넘었는데 아직도 아버지 말대로 행동을 한단 말인가? 그럴지도 모른다. 이는 아직도 대한항공이 상징적 공론장의 경영을 하고 있다는 방증이다. 시민들 개개인이야 어느 정도 잘못한다고 해도 큰 문제가 될 것이 없지만 대기업의 오너 일가가 벌이는 상징적 공론장의 퍼레이드는 우리 사회를 자칫 아주 심각하고도 위태로운 상태로 몰아갈 수 있다. 선진 국가는 기업 경영을 세습하지 않는다. 이런 관점에서 기업가들의 세습은 우리 사회가 아직까지 상징적 공론장을 신봉하는 북한과 다를 바 없다는 것을 말해 주고 있다. 그래서 어느 외국인은 대한항공을 고려항공으로 착각했다는 말을 한 것이다.

상대적으로 매를 맞지 않을 것으로 보이는 비행기의 기장 또한 시민적 공론장에 대한 교육과 학습이 매우 필요할 것으로 보인다. 이런 문제가 제기되었을 때, "안 됩니다 부사장님!" 하고 말했어야 한다. 그럴 일도 없겠지만 혹시 기장이 결정 못하는 '메이비 세대'를 닮아가고 있지 않나 두렵다. 나아가 동정심을 얻고 있는 승무원과 사무장도 부사장 앞에서 절대로 무릎을 꿇어서는 안 된다. 그들 또한 매뉴얼대로 하였다면 이런 사태를 막을 수 있었을 것이다. 물론 그들이 죽기를 각오하고 매뉴얼대로 했다면 조현아 씨는 아직도 상징적 공론장의 미망에서 헤어 나오질 못했을 것이다. 하버마스는 계몽주의는 끝났지만 아직 계몽은 완성되지 않았다고 말했다. 그는 '더 많은 계몽이 와야 한다'고 하였다. 우리가 아직까지 '지구는 태양을 한 바퀴 돌았다'고 말하는 대신 '해가 뜬다'고 말하는 것도 이와 같은 맥락일 것이다.

<u>20</u> 영화 〈국제시장〉 보고
나는 울지 않았다!

비록 어슬픈 장면들이 없지 않지만 영화 〈국제시장〉에 대한 칭찬을
하지 않을 수 없다. 그 이유로 자율성을 띤 내러티브, 아이러니 구조, 탄탄
한 연기, 교차 편집 등을 꼽을 수 있다. 특히 이 영화의 큰 미덕은 이데올
로기가 숨기는 것을 자연스럽게 폭로하는 데 있다.

2014년 하반기 영화 〈명량〉에 하도 실망한 터라 〈국제시장〉
은 사실 보고 싶지 않았다. 그리고 사실 한국 영화 이야기만
나오면 뭔가 조마조마한 마음이 되는 것도 한 이유다. 그건 한
국 영화에 대해 글을 쓰는 사람이라면 누구나가 그럴 것이다.
이것은 마치 클래식 음악을 연주하는 한국 오케스트라가 국제
적인 무대에서 혹시 실수나 하면 어떡하나 하는 마음과 같은
것일 게다.

영화 〈국제시장〉도 마찬가지다. 지난 번 영화 〈명량〉에 대

해 쓸 때처럼 영화 만들기의 한계가 또 드러나면 어떻게 하나 걱정이 없었던 것은 아니다. 그러나 영화를 본 나는 한결 마음이 가벼워졌다. 왜냐하면 영화의 스토리가 무언가를 남겼고, 스토리 전개에 변화가 있었고, 보여 주려고만 하지도 않았고, 프로파간다 영화는 더욱 더 아니었기 때문이다.

우선 비판적인 부분부터 먼저 이야기하자면 이야기 첫 부분의 CG나 배우들의 수사학적인 대사와 수준 떨어지는, 실감나지 않은 발 연기를 꼽을 수 있다. 그러나 그것은 영화가 전개되면서 발전된 모습을 보였으며, 급기야 독일 광부와 간호사의 삶을 이야기할 때, 국제시장에서의 아이들의 말과 행동에서는 핍진성(문학 작품에서 텍스트에 대해 신뢰할 만하고 개연성이 있다고 독자에게 납득시키는 정도)마저 느끼게 했기 때문에 큰 문제가 되지 않는다.

김윤진의 리얼한 연기는 단연 돋보였고 삶의 현장에 던져진 존재에 대한 처절한 물음까지 던졌다. 소름이 끼쳤다. 한국 배우가 독일어 연기를 저렇게 감정을 넣어 표현하다니 놀라운 일이었다. 황정민과 오달수의 연기도 명품이었다. 약간의 코믹한 부분이 지나치다는 생각도 들었지만 나쁘지는 않았다.

언제나 그렇듯이 영화의 스토리에 대해 관심이 많다. 특정한 시대의 이데올로기를 빼먹었다는 진보적인 해석, 철저히 개인적 가족사를 다루었다는 보수적 해석을 두고 논란이 빈번하다. 근대사를 다루는 영화에 항상 원죄처럼 따라 다니는 비판들이다. 박근혜 대통령이 "최근 돌풍을 일으킨 영화(국제시장)도 보니까 부부 싸움 하다가도 애국가가 들리니까 국기배례를 하고…"라며 국민과 공직자의 애국심을 강조했다는데 영화와는 아무런 관련이 없는 이야기다.

신파조의 영화, 눈물을 짜내는 기술이 뛰어난 영화라고 혹평한 사람들도 있는데, 아마도 박정희 시대에 대한 선입견과 편견, 말하자면 그 시대는 반드시 비판받아야 하고, 그 시대를 비판적으로 보지 않으면 무 개념 영화라는 사람들의 평가에 지나지 않는다. 우리는 누구나가 '지배구조의 암호'를 개념이 아닌 데서도 충분히 찾아낼 수 있다. 박남수의 「호루라기」라는 시가 말하는 그 암호를 우리는 영화 〈국제시장〉에서 충분히 읽을 수 있다.

　　　　1
호루라기는, 가끔
나의 걸음을 정지시킨다.
호루라기는, 가끔
권력이 되어
나의 걸음을 정지시키는
어쩔 수 없는 폭군이 된다.

　　　　2
호루라기가 들린다.
찔끔 발걸음이 굳어져, 나는
되돌아보았지만
이번에는 그 권력이 없었다.
다만 예닐곱 살의 동심이
뛰놀고 있을 뿐이었다.

속는 일이 이렇게 통쾌하기는
처음 되는 일이다.

　그런데 많은 비평가들은 이 영화가 '여백이 없어서 해석의
여지'가 없다는 둥, 이 영화가 희생의 이면을 보여주지 않는다
는 둥 비판을 한다. 덕수(황정민)가 왜 자주 화를 내고 가족들

에게 따돌림을 당하고, 관료들에게 이웃들에게 소외되는지를 생각해 보아야 한다. 이 부분에서 이 영화는 오히려 아이러니라는 근대(현대)적 내러티브의 기본적인 미덕을 갖추고 있다.

가장으로서 가족을 위해 (혹은 국가를 위해) 모든 것을 바치지만 가족에게 (또는 국가에게) 멸시당하거나 소외되는 모습을 보여 준다는 점에서 그렇다. 나는 영화를 보면서 울지 않았다. 만약 울었다면 영화를 제대로 보지 못한 사람들과 같은 편이었을 것이다. 내겐 영화를 보고 난 뒤에도 덕수(황정민 분)의 행동이 계속 뇌리를 떠나지 않는다. 그렇기 때문에 이 영화를 두고 신파조라느니 힐링 영화라느니 하는 것은 영화를 '함부로 발로 차는' 일이다.

어떤 평론가는 심지어 "더 이상 아무것도 책임지지 않는 시니어들의 문제가 다루어져야 마땅한 시점에 아버지 세대의 희생을 강조하는 〈국제시장〉의 등장은 반동으로밖에 보이지 않는다."(영화평론가 허지웅)라고 평하고 있는데 그야말로 이데올로기적으로 영화를 읽겠다는 의지로밖에는 보이지 않는다. 이런 평론가들의 평이란 대체로 '보라는 달을 보지 않고 손가락을 쳐다보는' 경우라 할 수 있다.

영화를 이렇게 단순한 이데올로기의 산물로, 반영의 하나로 보게 된다면 우리는 영화에서 아무것도 느낄 수 없다. 오히려 이 영화는 '이데올로기가 숨기는 것을 폭로함으로써' 오히려 자율적이다. 그러기에 우리는 현실이라는 중압감이, 그것이 월남전이든, 파독 광부든, 얼마나 개인의 삶을 훔쳐가고 착취하는지를 읽어낼 수 있어야 한다.

영화를 대충 보면 안 된다. 대충 보면 정말로 영화가 무슨 말을 우리에게 하는 것인지 모른다. 영화 〈국제시장〉이 여러 가지 이야기를 갖다 모은 것이라는 비평이 곧 그에 속한다. 이산가족, 파독광부의 삶과 베트남 참전 그리고 국제시장에서의 삶은 고단한 삶을 거쳐온 세대들에게 울라고 강요하는 에피소드들이 아니다. 이들 에피소드들은 각기 같은 크기의 메타포를 공유하고 있다.

동시에 이 에피소드들은 영화 처음에 라이트 모티브로 주어진 "네가 가장이다"라는 말을 실천하는 계기가 되기도 한다. 이 영화는 노인 세대가 자식 세대를 위해 개고생했다는 이야기를 나열하는 것이 아니라 개인적 삶의 아이러니를 향한 동기들이 주제적으로 반복되는 요소들을 갖추고 있다. 대하기 쉽다고 해서 생각 없는 사람이 아니듯이, 우리는 영화 〈국제시장〉을 대충 이데올로기의 관점으로 보려고만 해서는 안 된다.

21 정명훈과 서울시향을
어떻게 볼 것인가

정명훈과 서울시향을 중심으로 한 음악과 음악 시장에 대한 논의가 뜨겁다. 막말 파문과 눈물의 박현정, 음악밖에 모른다며 1년 계약 앞에서 고민하는 정명훈을 사이에 두고 대부분의 국민들은 침묵한다. 아니 모른다는 표현이 더 적절할지도 모른다. 나 또한 평범한 클래식 감상자로 이 문제가 어떻게 해결되어야 할지 궁금하다.

2014년 겨울, 박현정 서울시향(서울시립교향악단) 대표의 폭언과 관련된 일련의 사건은 아주 협소하게 한 사람의 사퇴로 문제가 마감되는 듯했다. 처음에는 마치 박현정 대표가 갑질을 하는 것으로 보였으나(당연히 그가 그런 행위를 했다는 것은 마땅히 처벌과 사퇴로 이어져야 하는 것이었다) 결국은 정명훈과 서울시향의 문제이기도 하다. 이런 문제는 비단 우리나라에만 일어나는 문제는 아니다. 독일 바이에른 국립오페라Bayerische Staatsoper에서도 예술감독이었던 켄트 나가노가 기존 극장장과의 마찰로 인해 사퇴를 하였다.

이 문제를 파악하기 위해 우리는 먼저 독일의 사례를 살펴보겠다. 켄트 나가노 사건에 대해 독일 신문『쥐드 도이체 자이퉁 *Süddeutsche Zeitung*』에는 이런 기사가 실렸다. 간단히 보자면 일본계 미국인 나가노가 새로 영입된 극장장에 의해서 예술적 권한이 축소되고 결국은 사임하게 되었다는 스토리다. 나가노가 미국과 프랑스에서 공부하고 독일에서는 개방적인 수도 베를린을 중심으로 주로 활동을 해서 그런지 보수적인 남부 바이에른의, 약간의 극우적인 분위기를 감지하지 못한 탓도 있다. 후임으로 러시아 출신의 젊은 지휘자 키릴 페트렌코가 선임되었는데 예술적인 면을 떠나서 현재까지 극장장과는 손발이 잘 맞는 것처럼 보인다. 베를린 필과 같은 순수 재단법인과 달리 공공예술단체인 바이에른 국립오페라에서 일어난 일은 서울시향 사태와 비교할 만하다.

라인하르트 브렘벡이 쓴 글, 「문화와 음악의 권력투쟁」에는 일본계 미국인 지휘자 켄트 나가노가 예술감독(지휘자)으로 더 이상 계약하지 않는다는 내용이 들어 있다. 그리고 나가노는 현대음악을 음악적인 것 이상으로 독특하게 해석하는 사람으로서 주류와는 거리가 있는 아우라를 품고 있는 지휘자라고 보고 있다. 나가노는 악보를 아주 세심하게 해석하고 의미를 만들고, 종종 비의적秘儀的이기까지 한, 해석하는 현대음악의 매개자라고 보고 있다.

나가노의 음악 해석은 전임 지휘자인 인도 출신의 주빈 메타 (1998년부터 뮌헨의 바이에른 국립오페라 음악감독)와는 달리 아주 신선한 충격이었다. 주빈 메타의 음악은 뼈대가 굵고 당당한 스케일이 큰 역동에 넘치고 있는 음악이었다. 특히 아주 정치精緻한 표현과 부드럽고 풍려한 울림을 지니고 있었던 그의 '탄호이저(리하르트 바그너의 오페라곡)' 연주는 선풍적인 인기를 얻었다. 하지만 나가노의 음악은 넋을 빼앗길 정도의 정중함과 소박함, 거기다가 진지함, 뉘앙스가 풍부하고 깊은 사유의 음악이 가지는 색채로 가득 차 있었다.

그러니까 당시 뮌헨의 청중들에게 이 음악은 너무 유약하게, 너무 현대적이게, 너무 고상하게, 그러다 못해 전통을 무시한 채, 너무 '지겹게' 들렸을 수도 있다. 물론 다른 편에서는 전통으로 가득 찬 뮌헨에 이런 현대적 음악가가 뉘앙스 넘치게 만들어 낸 음악에 열광하였다. 단원들 또한 자유롭게, 투명하게, 밝게 연주하였고 이는 전 시대의 거장 메타와는 다른 음악이었다. (주빈 메타의 음악의 다이나믹은 거대하지만 결코 예각적이지는 않다.) 결국 극장장인 크리스토프 알브레히트는 나가노 와 맞지 않아 사임을 하게 된다. 대신 나가노는 극장장 없이 2년 동안 스스로 모든 문제를 해결해야 했다.

문제는 2008년 니콜라우스 바흘러가 극장장으로 오면서 국립오페라에 다른 분위기가 조성되기 시작했다. 국립오페라에서의 지위는 극장장이 지휘자보다 더 높다. 사실 극장장은 지휘자를 선택할 권한까지 있다. 그럼에도 나가노는 그대로 머물렀다. 정중한 나가노에 대해 이의를 제기할 이유가 없었기 때문이다. 그러나 시간이 흘러감에 따라 뭐라고 꼭 집어 말할 수 없는 문제들이 노출되기 시작하였다. 이는 두 사람의 성격과 관련이 있었다고 보는 견해가 많다. 나가노는 음악을 연주가들에게 맡기고 지휘로 간섭을 하지 않는 편이었다. 그리고 바로크 음악이나 고전음악은 아주 적게 연주하였다. 뮌헨의 정서로 볼 때 이런 연주가 있어야 청중들을 많이 끌어모을 수 있었는데도 말이다.

슈트라우스와 바그너 음악에 대한 나가노의 지휘에 대해서도 편이 나뉘었다. 한쪽은 혼신의 역작이라는 평가고, 다른 쪽은 너무 가볍게 지휘하였다고 평한다. 모차르트는 힘들어 했다. 현대곡은 기만적이라 평가받고 러시아 곡은 훌륭하다는 평가를 받았다. 결국 나가노의 지휘는 그의 독특함에 방점이 찍히지 기본적인 청중들의 열망과는 무관한 것이었다. 이렇게 되면 정치적 영향을 받는 극장장 바흘러와 주정부 예술장관에겐 부담으로 돌아올 수밖에 없는 일이었다. 지금 나가노의 분위기란 이 두 사람에게 가벼움, 뻔뻔함, 모험, 도발, 즉흥곡밖에 더 이상 아무것도 아니었다. 나가노와는 동상이몽이었다. 결국 나가노는 계약을 끝낼 수밖에 없었다.

정명훈과 서울시향을 중심으로 한 음악과 음악 시장에 대한 문제도 이와 별반 다르지 않다. 차이가 난다면 독일에서는 음악적 성향과 대중들과의 교감 등으로 인하여 오케스트라의 문제가 불거지는 데 반하여, 서울시향은 막말과 돈 문제로 인하여 문제가 불거진 점이다. 서울 시향은 시립교향악단이라는 특수성 때문에 정명훈 감독에 대한 비난도 공공성이란 측면에서 문제성이 있는 것만은 분명하다. 더욱이 지휘자와 예술 감독을 겸하고 있는 정명훈이 세계적인 명성을 앞세우면서 조직 내 행정적인 부분까지 장악하려고 들었기 때문에 문제는 더욱 복잡해진다.

주로 좌파 계열에서 쓴 글들은 정명훈과 역대 서울 시장을 비난하는 데 급급하다. 그런 글들은 우선 '정명훈이 좋은 지휘자인가'라는 질문을 하고는 연봉에 관해 이야기하거나, '정명훈의 음악이 좋은가'라는 질문을 하고는 그의 피아노 연주를 지적하고 있었다. 반대편도 마찬가지다. 정명훈이 그런 연봉과 특권을 누릴 만한 세계적 지휘자인가에 대해 (연봉과 조건 상관없이) 그냥 그는 마에스트로다는 식이다. '정명훈이 훌륭한 음악가이고 지휘자인가'라는 물음에 옳게 대답을 하려면 적어도 그가 서울시향이 아닌 다른 좋은 오케스트라(최소한 바스티유에서의 지휘나 라디오 프랑스)와 연주한 것을 들어봐야 한다.

　결국 내가 아는 국내 교향악단의 수준은 세계적인 수준이 아니다. 그러나 그런 연주를 바탕으로 정명훈을 비판할 수는 없다. 나는 최소한 베를린 필하모니에서 지휘한 클라우디오 압바도(이태리 사람들은 그렇게 발음한다지)와 카라얀이 같은 단원으로 같은 곡(이를테면 바그너의 탄호이저)을 연주했을 경우, 어떤 것을 왜 선호하는지 구별할 수 있다. 말하자면 템포면에서 압바도가 훨씬 빠르고 경쾌하다는 것을 잘 안다. 카라얀은 유장하고 더 깊다Emphase는 것을 느낄 수 있고, 선택을 하라면 나는 압바도를 더 좋아한다. 그렇지만 그 누가 있어 카라얀이 못하다고 할 것인가!

마찬가지의 관점에서 본다면 정명훈이 정말로 마에스트로라
면 이런 범주에 들어가야 하는데, 개인적으로 진은숙 씨의 변
호처럼 정명훈이 그렇게 피아노를 잘 친다든가 지휘하는 음악
이 좋다는 생각은 들지 않는다. 그가 서울시향을 어느 정도 수
준 높게 만들었는지는 별개의 문제고, 그가 받는 연봉은 정명
훈 감독의 말대로 그 자신의 문제가 아니라 서울시나 이명박
또는 오세훈, 박원순의 문제이니까! 그렇기 때문에 김상수나 이
채훈, 진은숙 등은 동일한 그의 음악 문제로 시작해서 각기 서
로 자기와의 이해관계를 위한 다른 변명을 한다는 인상을 준다.

나는 아직 깊이 정명훈의 음악에 감동하지 못했다. 그래서
아직 그에 대해서 글을 쓰는 것은 유보해야 할지도 모른다. 다
만 나는 그가 그 정도의 연봉을 받을 만한 그리고 그가 마음대
로 휘젓는 듯한 인상을 일반인들에게 주는 것은, 서양 음악에
대해 무지한 대다수 한국인의 몫이라는 생각이 든다. 정명훈의
음악을 평가함에 있어서 비판하는 쪽에서는 순수하게 그의 음
악 자체에 대해서 판단할 수 있는 능력이 있느냐, 아니면 반대
편에서는 그저 언론을 통해 접해 왔던 명성만으로 그분의 음악

은 그런 수준의 것일 것이다 믿어버리느냐에 대한 문제인 것 같다. 그렇기 때문에 그에 따른 논란도 글쓰는 이들의 입장에 따라 극단으로 흐른다.

어쨌거나 박현정 사건을 통해서 정명훈의 연봉 문제나 박현정의 폭행 문제가 핵심이 아니라 결국 한국 사회의 음악 행정 수준이 여지없이 드러난 것이 문제다. 일단 외국에서 명성을 좀 쌓았다고 하면 국내에서는 음악 본질에 대한 전문적인 평가와 국외 활동에 대한 철저한 검증보다는 이름으로 음악이 유지된다는 것이 놀라운 일이다. 일단 외국에서 활동하는 한국의 유명 음악가들이 국내 무대에 섰을 때에는 언론 등을 통해 자연스럽게 애국자가 되고 그들의 능력에 대한 지적은 터부시된다. 그렇기 때문에 예술의 본질을 평가할 수 있는 역량과 시스템이 갖춰지지 않는 이상 서울시향 사태는 앞으로도 계속될 수 있다.

그 다음으로 짚어 봐야 할 문제는 음악 행정의 공공성이다. 베를린 필 같은 세계적인 악단들도 물론 시의 예산을 일부 지원받기도 하지만 대부분은 티켓 및 디지털 콘서트홀 이용권 판매, 기업 스폰서, 음반 녹음, 중계료 등을 통해서 재정을 자체적으로 해결한다. 그렇기 때문에 지휘료나 연봉을 책정하고 사이먼 래틀 같은 특정 지휘자와의 계약은 온전히 악단 운영을 맡고 있는 극장장과 예술감독, 구성원들의 고유의 권한이자 책임이다. 하지만 서울시향은 이런 단체들과는 다르게 대부분 시의 예산으로 운영이 되기 때문에 특정인의 활동을 위한 예산을 세우는 것이 곤란하며 비용 집행 과정도 더욱 투명하고 공정하게 집행되어야 한다.

일반 기업에서는 소액 영수증 한 장에 대해서도 비용 집행 절차가 합당하게 진행되었는지에 대해 재무부서 등 승인권자들이 철저하게 심사하고 감독하며, 비용 집행 규정에 의거해서 집행 근거가 설득력이 없다면 해당 비용에 대한 집행이 담당자에 의해 거부되기도 한다. 또 감사를 받아야 하는, 세금으로 운영되는 시립교향악단의 운영 비용 집행에 있어서 세계적인 명성만 내세워 여비를 자기 가족에게 전용하고, 곳곳에 자기 사람을 심고, 시의회의 출석요구에 응하지도 않고 '나는 음악밖에 모른다'라고 말하면서 버티는 것은 적절치 못하다.

22 우리나라에 국제적인 오케스트라가 필요한가

정명훈과 서울시향을 이해하기 위해서, 아니 좀 더 분명히 말하자면 정명훈과 서울시향을 설명하기 위해서는 (서양)음악의 본질에 대해 마음을 쏟아야 할 것 같다. 이런 맥락에서 보면 니체가 근(현)대 음악의 본질을 그리스 비극에서 가져온 것은 매우 흥미로운 것처럼 보인다.

『비극의 탄생』(책세상 번역본 128~129쪽)에서 니체는 우리가 이해하는 그리스 신화가 신화와 말 사이의 불일치에서 비롯된 것이라고 하면서, 신화가 말 속에서 구현할 수 없었던 것을 음악은 직접적으로 이룰 수 있다고 보았다. 니체는 이런 점을 셰익스피어의 작품에서 찾아볼 수 있다고 말했으니, 셰익스피어가 쓴 것은 문학이 아니라 음악인 셈이다. 이런 의미에서 그리스 학문의 정신은 신화를 파괴하였고, 이런 신화의 파괴로 인하여 문학도 동시에 고향을 상실하게 되었다. 니체는 의지의 산물인 디오니소스적 음악은 그 후 회화적 음악으로 변신해 버려 음악이 현상의 초라한 모사가 되어버렸다고 (그에 의하면 개념은 사물 이후의 보편, 음악은 사물 이전의 보편) 한탄하였다.

니체는 음악이 샤머니즘(신적)의 전통에서 나왔다는 가설을 가지고 있었던 것 같다. 아마도 소크라테스 당시 그리스 사회가 샤먼들로 가득했고, 그 샤먼들로부터 형이상학을 (개념을) 보호해야 했던 필요성을 역설했던 것이 저 유명한 그리스 철학자들의 탄생이 아닌가! 그래서 니체가 주장한 서양 음악은 이를테면 역동과 영성으로 가득 찬 샤먼들의 음악이었을 것이다. 여기서 나는 문득 우리나라 출신의 음악가가 서양에서 살고 교육받았다 하더라도 생득적인 면 때문에 서양 음악을 소화할 수 있는 능력이 떨어질 수밖에 없다는 생각이 든다. 이들이 니체가 말한 대로 회화적 음악에 따르는 것은 아닐까, 그런 생각이 든다.

조수미나 장한나, 장사라, 정명훈 같은 경우 서양 노래를 하지만 그 내면에서는 한국인의 정서로 가득 찬 노래를 생산하는 것으로 보인다. 본능적이고 신적이고 어느 누구나가 느낄 수 있는 음악이 아니라 표현할 수 있는 음악, 그려낼 수 있는 음악을 하는 그들이 안타깝게 보이기까지 한다. 만약 제물처럼 몸을 던지지 않고 1등을 하기 위해, 최고의 음악가가 되기 위해, 혹은 음대를 수석으로 졸업하기 위해 음악을 한다면 그 세계란 태동부터 한계를 지니고 있는 것 아닐까? 혹시 그래서 정명훈이나 장한나가 지휘자의 길로 들어선 것은 아닐까?

우선 서울시향과 프랑스 교향악단의 차이콥스키, 그리고 정명훈의 〈라 발스〉를 잘 비교해 보자. 나의 직감으로는 서울시향의 연주는 그림이라는 느낌이 든다. 생동적이고 전동Schwingung이 강한, 묵음의 활용으로 인한 환상의 창조와 콤팩트한 리듬감이 없는, 그냥 모방하여 표현한다는 느낌이 많다. 앞서 말한 주빈 메타의 당당한 스케일과 역동에 넘치는 음악도 아니고, 정치精緻있는 표현과 부드럽고 풍려한 울림을 지니고 있는 연주도 아니다! 그리고 넋을 빼앗길 정도의 정중함과 소박함, 거기다가 진지함, 뉘앙스가 풍부하고 깊은 사유의 나가노 음악도 가지지 않은, 엄격하게 말하면 한국적인 색채로 가득 차 있는 음악일 경우가 많다.

정명훈이 처음에 취임할 때 단원들을 가르치겠다는 것이 무엇을 의미하는지 다시 생각해봐야 할 것 같다. 음악은 가르칠 수 없는 것이고, 지휘자는 가르치는 사람이 아니다. 괴테는 "음악이 지극히 지고한 것이어서 어떤 이해력도 그와 같은 수준에 있을 수 없고 […] 어느 누구도 감히 그것을 말로 설명할 수 없다."라고 했다. 오케스트라는 충분히 실력 있는 사람들이 지휘자를 중심으로 하나의 비극을 완성하는 곳이다. 그런데 오케스트라와 그를 지휘하는 정명훈은 어떤가! 단원(연주자)들이 지휘자를 무시하는지 연주자와 지휘자가 따로 가고 있다는 느낌을 줄 때가 많다. 이것을 단지 단원들이 지휘자를 못 따라오는 것이라고만 치부할 수 있을까?

같은 곡을 다른 지휘자가 연주한 것과 정명훈의 곡을 함께 들어보자. 정말 말로 설명할 수 없는 차이가 발생한다. 진은숙이 정명훈을 변호하는 글을 읽었는데 왜 우리 오케스트라는 유독 두 사람만 세계적인가, 그런 느낌이 든다. 그리고 파트리크 쥐스킨트의 『콘트라베이스』라는 소설(모노드라마)에서도 단원들이 때로는 지휘자를 완전히 무시해 버린다는 말이 있는데 그 말이 실감이 날 정도다. 사실 오케스트라에서 지휘자의 역할이 중요해진 것은 오래된 일이 아닌데 지금은 세계적인 지휘자들이 많은 것을 보면 그것도 다 상업적인 현대 음악시장이 만들어낸 결과라고 하겠다. 특히 특정한 작곡가의 곡을 갖고 시향이 그 현대성을 자랑한다는 것도 이상하다는 생각이 든다.

그렇다면 이제 다시 서울시향은 무엇을 해야 하는지 분명해지는 것 같다. 나는 우선 김상수 씨의 접근방식은 별로 원하지 않는다. 그나마 이채훈 씨는 음악에 대해 언급하기는 하는데 그것도 전문적이지는 않은 것 같다. 음악의 이해와는 거리가 먼 정치·경제적 문제로 정명훈을 설명하려고 접근해서는 안 된다. 동시에 진은숙 내지는 정명훈 옹호가들도 별로 믿고 싶지 않다. 한국의 음악시장이라는 것이 (문화계 전반이) 파벌로 만들어져 있는 것 같기 때문이다. 그보다는 왜 우리가 서양의 오케스트라를 원하는지, 어떤 연주로 청중(시민)들을 매혹시킬 수 있느냐는 것이 더 중요하다는 생각이 든다. 독일에서는 모든 것이 투명하고, 매번 연주 때마다 그 다음날 아침 비평이 쏟아지곤 한다.

이제 관점을 돌려 보자. 우리에게 과연 이런 서울시향 같은 오케스트라가 필요한가? 일단 나는 필요하다고 본다. 안강의 양동마을에 가면 관가정觀稼亭이라는 곳이 있다. 아름다운 정자다. 그런데 글자를 잘 풀어보면 볼 관觀, 추수할 가稼, 정자 정亭으로 이루어져 있으니 추수하는 모습을 잘 볼 수 있는 정자라는 뜻이다. 그런데 어느 사람은 일을 하고 어느 사람은 그것을 보고 즐기고 있는 데라고 생각하면 이루 말할 수 없는 분노가 일어나는 곳이이기도 하다. 좌파적 입장에서는 이것을 헐어버려야 할지도 모른다! 조선의 궁궐도 왕이 후궁들과 놀아난 곳이니 (고은의 시에는 그런 내용이 포함된 곳도 있다네) 없애야 하고, 서원도 선비들이 공염불하던 곳이니 오늘날 훼철毁撤되어야 할 것이다.

현대 문화산업에는 어쩔 수 없는 이런 모순적인 문제가 상존한다. 그러면 전통적인 신분사회가 지나가고 그에 대한 가치도 중화되었는데 어째서 그 사회가 만들어 낸 음악에 대한 보수적이고 긍지에 찬 의식은 아직 남아 있는가? 그리고 사회 내에서의 보수와 진보의 투쟁에도 불구하고 어째서 문화적 대중은 이런 클래식 음악에 대해 보수적 경향성을 띠고 있는가? 예술과 문화의 그런 보수적 성향이 진보나 보수를 초월하여 역사의 주체에 국민으로서의 보편성을 매개해 줄 수 있는가? 그렇다면 우리가 왜 서울시향 같은 오케스트라를 가지고 있어야 하는지 이유를 말할 수 있을 것 같다. 우리 사회가 서양화되어 있는 것만큼 저들의 문화유산을 공유함으로써 상호 문화적으로 서로 소통을 하기 위함이 아닐까?

문화적 유산은 이와 같이 좌파나 우파에 공히 그 내용과는 별도로 문화보수주의적이고 역사주의적인 측면에서 국가나 민족의 정체성을 보장하는 것으로 전승되고 기념되고 활성화되고 있다. 서양 오케스트라의 존재도 그런 맥락에서 이해 가능하다. 때문에 좌파의 시각에서 그 돈이면 복지예산을 얼마나 늘리고 확대할 수 있다는 논리로 비약할 수 있는 상황은 아닐 것이다. 다만 우리의 문화적 전승이 아닌 서구의 문화적 전승에 얼마만한 투자를 해야 할 것인가는 정치가들이 수행해야 할 문제이지만, 이미 국제적인 관계에서 상호문화적인 교류를 하는 우리나라 상황에서 시향과 서양 음악의 확대보급은 매우 긴요한 사안이 되어 버렸다.

그런 문제를 감안한다고 하더라도 서양의 음악을 하는 우리나라 출신의 훌륭한 음악가이면 마에스트로라는 이름을 붙이고 애국적으로 영웅시한다는 것은 좀 시대착오적이라는 생각이 드는 것은 어쩔 수 없다. 나같이 평범한 사람이라도 음악의 질을 말로 표현하지는 못하지만 그 수준은 가늠할 수 있다. 인간은 문화를 초월해서 인류라는 집단 무의식을 갖고 있기 때문에 아프리카 음악에서 디스코가 만들어지듯이 본능적으로 이해할 수 있다. 그렇게 본다면 정명훈 감독의 예술성은 그것이 서울시향 단원들의 실력 문제이건 지휘자 자신의 문제이건 그

생산품에 있어 세계적 수준급이라고 판단하기는 너무 성급한 것 같다.

나라면 서울시향 대표 자리에 음악과 음악 경영에 뛰어난 외국인이 왔으면 좋겠고, 그가 지휘자와 협력하여 고전음악을 넘어 좀 더 다양한 현대곡 레퍼토리들을 연주하도록 기획할 것이다. 이를 위해서 어떤 단원들을 어떤 경쟁을 통해 받아들일 것인지도 고민해야 할 것이다. 지난번 독일 바이에른 국립오페라단의 극장장과 지휘자(예술감독) 사이의 문제는 그러한 문제가 작용한 것이라고 본다. 서울시향 대표가 그냥 경영만 하는 사람이 아니라 음악을 알고 경영하는 예술 감독이어야 하고, (겸임이 없는) 지휘자와 단원도 무조건 한국 사람이어야 된다는 생각을 버려야 한다. 다만 나는 정명훈의 보수가 정명훈의 문제라고 생각하지는 않는다. 그것은 한국의 음악시장이 만들어낸 결과라고 보는 것이 옳다.

내가 독일에 살 때 세계 4대 체임버 오케스트라인 슈투트가르트 체임버 오케스트라의 바이올리니스트에게 딸의 바이올린 교육을 맡긴 적이 있었다. 몇 년간 나는 딸의 교육 현장에 항상 있었지만 딸은 바이올린의 길을 가진 않았다. 그런데 한 시간

수업 한 달에 레슨비로 당시에 150마르크, 요즘으로 치면 한 달에 15만원 정도를 지출했다. 그런데 그분은 한국에 레슨 출장을 가면 비행기 값 포함하는 것은 물론이고 1회에 수백만 원을 받는다고 하였다. 그런 제안이 많지만 안 가고 못 간다고 하였다. 이런 책임감 있는 태도가 지휘자와 대표, 서울시, 그리고 시민들 사이에 콘센스로 형성이 안 되면 서울시향, 아니 한국의 서양 오케스트라는 전시행정이 될 가능성이 높아 보인다.

지휘자 문제도 마찬가지다. 박지성이 EPL에서 50억 받는데 광저우에서 200억 준다 해도 안 가는 것과 같은 원리일 것 같다. 마찬가지로 일본의 유명한 투수 구로다 히로키가 200억의 메이저리그를 버리고 자기 친정팀인 히로시마 토요카프로 복귀한 경우도 있다. 이렇게 보면 정명훈의 몸값이 임의적인 것은 충분한 이유가 있다. 다시 말하면 그의 연봉은 그의 문제가 아니라 서울시와 대한민국의 문제일 수 있다. 앞에서 쓴 나의 칼럼에서 다룬 공론장의 문제는 이제 개인이 아니라 집단 즉 사회로 향해야 한다. 목사들이 세금을 안 내고 사례비로 받고 정명훈이 1회당 연주비를 따로 받고 부인이 비행기표를 얻는 것 등은 시민적 공론장에서 문제가 된다.

어쭙잖게 오래전에 어떤 오페라 준비 과정에서 통역을 맡다가 아예 연출까지 거들었던 적이 있었다. 잘츠부르크에서 온 지휘자가 어느 날 단원들의 연주 때문에 지휘봉을 던지고 돌아가려 했던 것을 말렸던 적이 있었다. 그리고 강하게 한국말로 단원들에게 연주 방법을 호소했던 적이 있었다. 나라도 지휘봉을 던졌을 거야. 슈트라우스의 작품이었었는데 속도는 느리고 일체감은 사라졌으니 화가 날 만도 했다. 그걸 생각하면 정명훈이 감사하다. 아마 서울시향의 연주가들이나 작곡자인 진은숙 씨는 정말 그렇게 생각할 것이다. 그가 없으면 안 된다고. 그러나 그간 제기된 문제에 대해 우리는 지금부터라도 차근차근 합리적인 길을 찾아야 한다.

<u>23</u> 차두리의 대표팀 은퇴를
   반대하는 이유는?

지난 달 아시안 컵 경기에서 우리는 차두리가 살아있다는 것을 확인했다. 안정감 있는 대표팀을 위해서 그의 은퇴를 반대한다.

이번 아시안 컵 우즈벡 전만 두고 본다면, 한마디로 차두리는 축구의 신이었다. 그 옛날 차두리 선수를 조롱했던 SNS의 말이 기억난다. "차두리, 오버래핑 좋지, 속도 빠르지, 공간 침투력 좋지, 그런데 그는 축구를 못해!" 우즈베키스탄과의 연장 후반 14분 차두리의 폭발적인 오버래핑은 이 말의 마지막 부분을 극적으로 뒤집어 놓았다. 그는 축구를 잘하였다! 이 말을 증명이라도 하듯, 차두리의 패스가 손흥민의 슛으로 연결되자 이영표 해설위원은 "이 골 지분의 99%는 차두리 선수 것"이라고 몇 번이고 강조했다. 손흥민에 열광하던 시청자들에게는 좀 민망한 느낌이 드는 멘트였다. 그러나 그 누구라도 이 말이 지나치다고는 생각하지 않을 것이다.

그간 차두리는 대표팀의 뜨거운 감자였다. 버리려니 아깝고 쓰려니 나이가 많다는 것이다. 지난 월드컵에도 대표팀 감독이 그를 쓰지 않아 실패했다고 과감히(!) 주장한 나에게는 이 모두 어불성설이다. 대표팀이 왜 그의 은퇴를 두고 보는가? 미래를 위해서? 나이가 많다고? 아니면 아버지 차범근 전설만큼 안 되어서? 아니다. 그는 아버지보다 더 유머가 많고 후배들에게는 자상하고 민주적이다. 그리고 그는 게임을 읽는 눈이 있다. 수비수로 보직 변경을 하고 난 이후로는 오버래핑까지도 뛰어나다. 맨유의 전설 긱스가 몇 살까지 뛰었지? 우리나라 나이로 42세까지 뛰었다. 더구나 큰 게임에서 팀이 안고 있는 부담 같은 것은 바로 이런 베테랑들이 책임질 수 있다.

축구에서 기술적인 부분은 당연히 중요하다. 그것은 어느 선수를 막론하고 갈고 닦아야 할 과제다. 그러나 무릇 모든 스포츠가 그렇지만 축구는 특히 팀웍이 중요하다. 그리고 팀웍에서 가장 중요한 것은 심리적인 것과 문화적인 것이다. 큰 팀만 만나면 불안해지는 대표팀에는 그가 꼭 있어야 한다. 그리고 지난 번 '손흥민이 왜 대표팀에서 부진한가?'란 글에서도 밝혔듯이, 축구는 둥근 공만큼이나 선수들 간에 평등하고 즐거운 일이 되어야 한다. 그런 의미에서 손흥민에게 차두리 만한 친구도 없을 것이다. 나이가 삼촌뻘이라고 강조하지만 내가 보기에 그들 사이에는 독일 축구문화에서 배운 평등함이 존재한다. 이번의 골 합작도 그들 둘만이 가질 수 있는 호흡에서 온 것이다. 당분간 손흥민을 위해서라도 차두리의 대표팀 은퇴를 막아야 한다.

경기에서의 차두리나 해설가 차두리의 말을 들어 보라. 그는 그냥 우리나라 선수들이 일반적으로 말하는 것과 같지 않다. "반드시 이기겠다.", "최선을 다하겠다." 그런 의례적인 말들이 아니라 자연스럽거나 진정성이 가득 찬 말들이다. 이런 그가 오히려 한국의 어떤 문화적 압박에서 위축되고 만 것이 아닌가 하는 생각이 든다. 아버지 차범근이 아들에게 스트레스를 주는 것은 아니지만 (아버지가 그럴 분도 아니다!) 아들 차두리는 '차범근 아들'로 살지 말고 자신만이 갖고 있는 장점으로 살면 지금부터 진가를 발휘할 것이다. 기왕 독일 출신 슈틸리케 감독 체제로 들어섰으니 당분간 그가 대표팀 은퇴를 막고 감독과 함께 그가 경험한 스코틀랜드, 독일의 축구문화를 전할 수 있기를 바란다. 그래서 나는 그의 대표팀 은퇴를 반대한다.

24 복지와 교육, 정치에 은폐된 순환논증

정치가들에게서는 논리와 진실을 배울 수 없다. 그들이 어떻게든 논리적 모순을 잘 활용하는 한 우리는 항상 그들의 말에 의심의 시선을 던져야 한다. 특히 은폐된 순환논증이 그렇다.

"이 세계는 우리가 생각할 수 있는 최악의 세계"라고 쏘아붙인 독일의 철학자 쇼펜하우어를 생각해 본다. 그는 '매우 상식적인 것'을 뒤집어 매우 상식적인 것이 무엇인지를 보여준 철학자다. 그는 전시대나 동시대의 철학자 칸트나 헤겔이 강조한 '표상' 대신 '의지'를 강조한 철학자다. 그런 만큼 그가 강조한 세계는 관념보다는 삶에 더 가깝다 할 수 있다.

그가 쓴 「논쟁에서 이기는 법*Die Kunst Recht zu behalten*」이라는 글은 이미 우리나라에도 번역되어 있어 재미있고 유용하게 읽을 수 있는데, 이 글에서 그는 이렇게 주장한다. "말하는 법이라고 하는 것들이 모두 사물이나 사안의 특성을 이야기하고 그것을 말하는 사람은 진실하고 정직하다고 본다. 그러나 논쟁하는 사람들을 보라. 그들은 허영심으로 가득하고 말이 많은데다 선천적인 부정직함까지 고루 갖추고 있다."

우리는 학교에서 논리와 논술과 진리와 진실을 배운다. 학생들은 이것을 '매우 상식적인 것'으로 생각한다. 그런데 그들이 사회에 나가 정치를 하거나 정치인들이 말하는 것을 들으면 이 '매우 상식적인 것'이 매우 비상식적인 것이라는 것을 깨닫게 된다. 그리고 매우 비상식적인 것, 이를테면 논쟁에서는 이겨야 하고, 이기기 위해서는 온갖 권모술수를 다 써야 한다는 것이 상식적인 것이 된다.

기실 사회는 "미처 생각하기도 전에 말하고, 자신의 주장이 틀렸다는 것을 알고도 마치 그것이 아닌 것처럼" 보이게 한다. 참된 것은 거짓으로, 거짓은 참으로 보이게 된다. 결국 진리에 대한 관심은 허영심에게 자리를 양보하고 마는 것이다. 이쯤 되면 독자들은 궁금하리라. 무엇이 그렇게 되는가? 다시 한 번 강조하지만 정치가, 그리고 그들의 삶이 그렇다는 것이다. 얼마 전 대통령이 한 말씀(!)을 들어보자.

A 우리는 증세 없는 복지를 실행해야 합니다.

B 증세 없는 복지가 어떻게 가능하죠? 그리고 복지 재원은 어디서 따오죠?

A 증세를 하면 국민들이 우리를 뭐라고 하겠습니까? 이는 국민을 배신하는 행위죠!

쇼펜하우어가 관심을 가진 '최악의 세계'란 바로 이런 논리들을 말한다. 이것을 누가 말했는지는 중요하지 않다. 그보다는 정치와 삶이 그렇게 이루어져 있다는 것이다. 이 논리도 언뜻 보아서는 잘 알아차릴 수 없는 나선형의 순환논증으로 되어 있다. 순환논증이란 전제로 제시된 사실("증세 없는 복지")에서 결론(증세는 없다)이 도출되고, 그 결론이 그 전제(증세는 안 된다)의 타당성을 뒷받침할 때, 그 논증은 순환된다는 뜻이다. 물론 이런 논리는 형식논리학에서 스코투스Duns Scotus 법칙에 따르면 거짓이다Ex falso sequitur quodlibet. (잘못된 전제로부터 모든 명제는 참이다.) 그러나 우리의 삶과 정치에서는 이런 순환논증의 오류가 질서정연한 논증의 자리를 대신하고 있다.

물론 정치가들이 국민들을 침체의 늪에서 희망을 가지도록 환상을 보여줄 수는 있다. 우리가 잘 아는 피터 카소비츠의 영화 〈야곱의 거짓말〉은 삶을 포기하려는 사람들에게 거짓말을 통해 희망을 가져다 준 영화이다. 그러나 1960년대 내셔널 플랜에서 영국 정부는 기업들에게 경제성장률 3.8%를 당연하게 받아들이기를 요구하고, 기업들은 이에 따라 성장계획을 편성한 경우는 최악이다. 그 이후 영국 정부는 마치 영국 재계가 3.8% 경제 성장률을 제시하고 있는 것처럼 발표를 하였다. 나중에 가서 무용지물이 된 이 순환논증은 최악의 전형적인 사례로서 저널리스트들이 인터뷰하는 수법과 똑같다. 어디 이뿐인가! 교육계를 들여다보면 눈에 빤히 들여다보이는 순환논증이 수도 없이 많다.

일례로 요즘 교육계에서 창의 인성교육이라는 말이 그렇다. 당연히도 이런 운동은 교육부와 교육학과가 주도한다. 이게 정말 웃기는 짬뽕이다. 일단 한 번 들어보자. 황우여 사회부총리 겸 교육부 장관이 아랍에미리트UAE 두바이에서 열린 국제 행사 제3차 '거버먼트 서밋Government Summit'에서 인성 교육의 중요성을 강조했다. 부총리는 "한강의 기적이라 불리는 대한민국 성공 스토리의 비결은 사람에 대한 투자, 즉 교육의 힘이었다.

미래 한국을 견인할 창조경제의 핵심도 인재를 기르는 교육에 있다."라고 설명했다. 이어 "한국이 그동안 지식 위주 경쟁으로 세계적인 교육성과를 이뤄냈지만 학생들의 인성과 도덕성·행복 등을 등한시했다. 앞으로는 인성 교육을 강화해 학생들이 신의, 상호 존중, 협동 정신을 배워 진정한 세계 시민이 되도록 하겠다."라고 말했다. 황 부총리는 올해 하반기부터 시행되는 인성 교육 정책을 소개하기도 했다.

A 우리는 교육으로 인해 성공스토리를 이루었다.
B 그럼 그간 우리 사회는 왜 폭력이 난무하고 창의적인 면이 부족했지?
A 그러니까 앞으로는 창의성, 인성 교육으로 성공스토리를 이어간다니깐!

인성 함양과 창의성은 교육을 할 수 없는 영역이다. 그리고 이런 교육은 이미 18세기 낭만주의의 천재genie 시대부터 이루어진 교육이지만, 그 교육은 교양Bildung, 천재성ingenium 등으로 이루어져 있어 교육부나 교육학과가 갑질(교육)하려는 순간 사라진다. 창의성과 인성은 국가가 개입할 수 없는 개인적·내면적 영역이다. 그것은 간섭을 필요로 하지 않는, 다시 말해 국가나 학교가 할 수 없는 자유의 영역이자 놀이의 영역이다. 그것은 가면무도적이고 리미노이드적 영역이며, 움베르토 에코의 말을 빌리자면 "망각하는 법"을 배우는 영역이다. 교육부장관, 아니 사회부총리는 기억으로 가득 찬 문화에서 어떻게 창의성과 인성을 교육할 수 있다고 생각하는지!

쇼펜하우어는 이런 세상일에 대해 염증을 느꼈던 모양이다. 그는 다른 곳에서 이렇게 말한다. "의미 없는 말들을 폭포수처럼 쏟아내라. 그리하여 상대방을 아연실색케 하라!" 말을 학식으로 포장하여 의미심장하게 들리게 하고 허튼 소리를 아주 진지한 태도로 떠벌려라. 그러면 그것이 마치 내가 갖고 있는 견해의 명백함을 입증하는 것처럼 보이게 되고 국민들에게 깊은 인상을 남길 것이다. 이런 국민들은 분별하고 성찰하는 능력을 싹 제거하고 그들의 주장을 여과 없이 받아들이게 된다. 기실 "보통 인간들은 아무 말이나 들어도/ 그 속에 무언가 생각할게 있다고 믿기" 때문이다.(괴테『파우스트』) 필자도 그런 말을 수없이 했으니 쇼펜하우어가 통찰한 이런 '최악의 세계'에서 벗어나지 못할 것이다.

<u>25</u>　50대 남자들의
　　　명절증후군

이 글은 50대 남자들만 읽기를 권한다. 왜냐하면 다른 세대의 사람들
은 왜 이렇게 해야 하는지 잘 이해할 수 없기 때문이다.

명절이 끝나면 50대 남자들에겐 상처밖에 남는 게 없다. 필자
는 늘 입버릇처럼 내 나이가 이제 서른이 넘었다고 말하지만
사실 쉰도 넘었다. 그러나 우리 50대 남자들은 나이를 망각하고
우선 주변 정리부터 하는 게 옳을 듯하다. 먼저 청소기를 들고
집을 말끔히 청소한다. 내가 왜 해? 그런 생각보다 누군가 와주
어서 나를 즐겁게 해 준 장소였으니 감사한 마음으로 청소하고
있다. 동시에 아무도 올 사람이 없어 외롭게 명절을 보낸 사람
들을 기억하고 그들을 마음으로나마 위로한다. 특히 독거노인
들을 생각해 본다. 내일, 아니면 월요일 그들을 찾아 위로할 수

있는 시간이 있기를 생각해 본다. 그런 외로운 사람들을 생각하면서 설거지나 청소, 정리를 하는 것이 고통인가 즐거움인가?

그 다음으로는 며느리나 딸들에게 상처받은 부모님을 위로하는 일이다. 이 분들이 살았던 시대는 족장처럼 식구들을 거느리고 명령 하나면 사람을 위리안치圍籬安置시킬 수 있는 시절이었다. 며느리를 쫓아낼 수도 있던 시절이었다. 지금은 법으로도 인륜으로도 그렇게 하기는커녕 오히려 며느리나 자식에게 그런 일을 당할 수도 있는 시간이 아닌가! 그들이 보낸 시절의 아름다움과 또 그 시절의 지나감에 대해 위로의 말씀을 알리는 것도 50대 남자들이 해야 할 일이다. 50대 남자들의 부모들이 산 삶의 공간은 대체로 일제강점기부터 육이오전쟁을 넘어오는 가파른 시간이었다. 50대 남자는 베이비부머들이 많아서 같이 경쟁하면서 뜨겁고 힘든 시간을 보냈을지언정 부모들의 트라우마에 가까운 삶을 겪지는 않았다.

제사를 지내면서, 또는 예배를 하면서 어머니와 어머니의 어머니가, 어머니와 어머니의 시어머니가 싸우는 유령들의 전쟁을 보았을 것이다. 기억은 사라지는 것이 아니라 언제든지 우리 몸속에 은거하고 있다가 이야기 시간만 되면 살아 움직이는 귀신들과 같다. 부모님들은 그런 귀신들을 불러내는 마법을 지니고 있다. 어제도 나의 어머니는 다시 돌아가신 할머니 신을 불러내 밤새도록 귀신과의 싸움을 벌이는 무당이 되었다. 눈에는 핏발이 서고 목소리는 귀신들린 성서의 여인을 닮아 있었다. 칼을 휘두르지도 않았고 울긋불긋한 무당들의 신복을 입지도 않았지만 거기서 어머니는 할머니와 적벽대전을 벌이고 있었다.

50대 남자들이야말로 명절이 없어지기를 학수고대하고 있다. 겉으로는 가만히 앉아 명절을 즐기는 것 같아도 세뱃돈을 얼마나 주어야 할지 시집간 동생들이 아이들을 몇이나 데려오는지를 잘 계산해 두어야 하고, 항상 계획한 것보다 십만 원 정도는 세뱃돈이 더 들어간다는 것을 안다. 그리고 물가상승률이나 봉급인상률보다 항상 더 빨리 뛰는 '중학생 3만원'이란 세뱃돈 상승률에 불만을 가진다. 돈이 없으면 말로 위로를 한다. 큰 아버지가 돈이 없어 미안하다. 돈으로 큰아버지의 크기를 재려는 눈을 가진 조카들을 선한 눈빛으로 제어할 수 있어야 한다. 절대 피하지 말 일이다. 행여 돈으로 외삼촌의 존재를 확인하려는 생질들에겐 평상 시 준비한 선물로 응대하면 된다. 그것도 없다면 따스하게 손을 잡아주면 된다.

50대 남자는 벌써 지쳤는가? 아니다. 지금부터 더 중요한 일들이 기다리고 있다. 시월드에서 스트레스를 받은 아내를 다독여 주는 지혜다. "당신의 음식은 정말 담백하고 맛있었어", "특히 고사리와 도라지", 그리고 "콩나물국은 일품이었어"라고 말하는 법부터 배워야 한다. 지난 날 이런 말을 하자면 알레르기 반응부터 일어났던 남자라면 더욱 더 연습을 해야 한다. 왜냐하면 우리는 우리의 아버지들로부터 그런 말을 배울 기회가 없었기 때문이다. 우리는 아내들에게 "배려라는 식재료가 더 들어간 당신의 탕국은 무르익은 당신의 인격이었어."라고 말해줄 수 있어야 한다. 시월드와의 만남에서 일어난 자질구레한 일들에 대해 핀잔을 주지 말고 들어주고 공감해 주고 추임새를 해야 한다. 어떤 경우에도 50대 여자들은 남자들보다 더 현명하기 때문이다.

그리고 명절 때 방을 뺏긴 자녀들의 상처를 보듬는 일도 남아 있다. 집에 식구들이 모이면 아무래도 방을 뺏기거나 양보하고 불편한 소파나 창문 곁에 자리를 하는 경우가 많다. 나쁜 아버지는 성경에 보면 많이 있다. 이삭이라는 아들을 잡아서 (칼로!) 하나님께 바치려 했던 아브라함이나, 벌거벗은 몸을 보고 킥킥거리며 웃었다고 영원히 아들을 저주한 노아같이 아비란 늘 이렇게 잔혹하다. 이럴 때마다 그들의 아들들이나 딸들은 집을 나가고 싶어 한다. 그래서 목수 일을 하던 예수도, 왕자의 지위를 가졌던 싯다르타도 가족을 무시하고 집을 나갔다. 〈리턴〉(안드레이 즈비아긴체프, 2003)이라는 영화의 아들들도 같은 방법으로 아버지에게 반항한다. 우리 50대 남자들은 이 점을 명심해야 한다. 아들과 딸에게 아버지의 식구들이 많아서 미안하다고 말하는 것을 잊지 말아야 한다.

무슨 일이든지 사회적으로 드러내놓지 못하는 일이 가장 큰 고통이다. 50대 남자들이 명절 후에 어떻게 해야 할지 적어 보았지만 시원하지 않다. 남자들의 명절증후군이란 말도 어쩐지 어색하다. 그러기에 피할 수 없는 것은 즐겨야 한다. 한 세대가 가기 전에 50대 남자들 옹호론이 등장할지도 모르나 (물론 그때는 60대 남자 옹호론이 될 것이다) 지금 우리 50대 남자들을 두고 세상은 모두들 갑이라고 생각하지 을이라고 생각하지 않는다. 더욱이 다가오는 반퇴半退 시대를 대비해 생각해 보면 더욱 우리는 무엇인가 변화를 추구해야 한다. 더욱이 우리의 감정과 태도를 바꿀 수 있어야 한다. 50대 남자들은, 칸트가 말한 정언명법처럼 무엇이든 "해야 하니까 할 수 있다".

26 헌 집 줄게
새 집 다오

2015 이상문학상 대상, 김숨의 「뿌리 이야기」 유감

2015 이상문학상 대상에 김숨의 소설 「뿌리 이야기」가 선정되었다.
그러나 작품은 유기적인 구조가 있는 것도 아니고, 스타일이 새롭지도
않다. 혹시 이런 수상작 뒤에 우리 사회의 문피아가 도사리고 있는 것은
아닐까?

책을 읽지 않는 대한민국을 두고 '무식한 대한민국'이라고 작
정하고 비판한 사람들도 있다. 책은 독자가 마음 내키는 대로
읽지만, 때로는 작가의 말에 따라 읽거나 평론가가 추천하는
말을 듣고 읽기도 한다. 작가야 자기의 세계니까 자기의 방식
대로 글을 쓰지만 그런 작품세계에 대한 공정한 평가는 평론가
들의 몫이기도 하다. 그렇기 때문에 책을 읽게 만드는 사람들
의 역할은 매우 중요하다. 책을 읽게 만드는 사람이란 평론가
들을 두고 하는 말인데, 그들은 작가를 변호하는 입장에 있지
만 작품을 어떻게 읽어야 할지를 연구하는 이상 독자를 위해

존재한다.

대학에서 문예학에 종사하는 나 같은 이는 주로 이론을 많이 다루다 보니 과거의 문학, 고전의 문학에 주로 집중하거나 이미 50년이 지나 정전으로 확보된 작품을 연구한다. 그러니 자연 현재 생생하게 생산되는 문학에 대해 등한시하기 쉽다. 특히 외국문학을 전공하는 문학 교수들에게는 문학생산의 자양분이랄 수 있는 사회구조와 인식의 차이로 인해 오히려 자국의 문학이 낯설게 보이는 경우도 있다.

그러나 매체의 발달로 인해 노벨상이나 퓰리처상, 부커상 같은 수상작들은 금방 번역이 되어 우리 독자의 손에 들어오기 때문에 단시일 내 세계문학의 추이에 대해 알게 된다. 그래서 우리는 '문학적 새로움'을 곧바로 인지하게 된다. 그 결과 당연히 우리는 어떤 소설을 읽을 때 단순히 어떤 새로운 소재를 갖고 썼느냐가 아니라 그것을 어떻게 문제시했느냐 하는 것을 중요시할 수밖에 없다. 이는 문학사에서 정전의 형성과 그들 작품에 대한 평가에도 고려되는 중요한 덕목이다.

세르반테스의 『돈키호테』나 조이스의 『율리시즈』는 그 같은 평가에 걸맞은 작품들이다. 멀리 갈 필요도 없이 우리의 작가 이상李箱의 작품은 그 시대 아주 획기적인 문학적 스타일을 창출해 냈다. 18세기에 쓰였던 로렌스 스턴의『트리스트럼 샌디』역시 문학적 새로움을 보여준 작품이다. 하나의 플롯에 의존하지 않고 옆길로 새고 딴죽 거는 자체가 당시의 사회에 대한 아이러니를 보여주는 것이었으니까 말이다. 친밀한 수다에도 불구하고, 작가가 많은 부분을 오히려 독자의 상상력에 맡길 수 있는 스타일을 구사한다.

이런 배경에서 2015 이상문학상 수상작인 김숨의「뿌리 이야기」를 읽어본다. 많은 기대를 해서 그런지 실망스러웠다. 문체 측면에서 치밀한 글쓰기와 관찰은 인정할 만하였다. 뿌리로 상징되는 것과 뽑혀 이동한 곳에서의 존재론 문제를 다룬 것만 해도 우리가 이 작품을 형편없는 작품으로 볼 수는 없다. 그러나 그런 암시적이고 함축적인 상징이 어찌 위안부 할머니와 관계를 맺는다는 것인지 도대체 이해할 수가 없다. 아니 그렇다고 말해 주니 잘 이해가 된다고 말해야 할까?

그러나 문학의 자율성이라는 측면에서 볼 때 소설이 제3자의 설명을 통해서 이해되어서는 안 된다. 다시 말하면 작품은 스스로 말해야 하고 작품 스스로가 해석이어야 한다. 작품 스스로가 말하기 위해서 이 두 가지 요소는 작품 내에서 경험 내재적이고 구체적으로 매개되어야 한다. 그 매개는 독자의 독서 행위 내에서 성취되어야 한다. 그러나 김숨의 소설은 매우 관념적으로 느슨하게 매개되어 있을 뿐이다. 문학은 철학이 아니다. 에코의 말을 빌리자면 "이론을 만들 수 없을 때 우리는 이야기를 하기" 때문이다.

작품이 매우 쉽고 명료하게 쓰여서 작품을 읽어 보면 누구나 잘 알겠지만, 이 작품은 약간은 상징적으로 쓰였다. 그러나 그 상징성은 사실 '뿌리'에 대한 '이야기', 즉 묘사에 그치고 있다. 오디션 프로그램에서 노래를 잘 하려다 자신을 잃고 만 가수가 쓴 글 같다. 하지만 이 모든 것은 글을 쓴 작가의 잘못 때문이 아니다. 작가는 그냥 글을 썼을 뿐, 스스로 상을 준 것은 아니기 때문이다.

그런데 상을 준 심사자들은 이런 변명을 늘어놓고 있다. "인간을 나무에 비유해 산업화와 개발로 인한 현대사회의 황폐함과 현대인의 뿌리 뽑힘, 그리고 다른 곳으로의 이주가 초래하는 고통을 문학적으로 승화하는 데 성공한 수작이다." 이 말

어디에도 "수작이다"란 말만큼 나를 놀라게 한 말은 없다. 산업화? 개발? 지금이 60년대인가? "현대사회의 황폐함과 현대인의 뿌리 뽑힘"이라니? 이 또한 무슨 황폐한 말인가? 심사자들은 다른 곳에서 이 작품이 위안부 할머니들의 이야기를 그리고 있다고 하는데 그 말이 결국 "다른 곳으로의 이주가 초래하는 고통"이라는 말로 전이된 것인가? 다른 곳으로의 이주가 고통이라고?

위안부를 유대인의 디아스포라나 수용소에 빗댈만한 고통의 사람들로 묘사하려면 당연히 이런 수사적 언어로 만족해서는 안 될 일이다. 역사적 현장을 찾고 연구하고 나아가 "구문과 어휘에만 관계가 있다고 믿는" 스타일의 변화를 성취해야 한다. 심사위원 중의 한 분인 김성곤 서울대 교수가 한 "프랑스장 마르크 오베르의 『대나무』가 연상되는 소설이다. 거친 동물성 사회에서 식물성을 통해서 치유 방법을 찾는, 인간성을 회복하는 소설"이라는 평은 아무런 칭찬이 아니다.

두 소설은 기억(체험)의 공간부터 다르다. 차라리 "특정 블록들을 쌓아서" 만든 "구조적 내러티브 스타일"을 만든다는 에코에게 귀를 기울여야 한다. 결국 이렇게 수준 미달의 작품들이 생산되는 것은 지나치게 작가상이 많다는 것과 또한 상을 주는 기관이 객관성을 잃어버렸다는 것을 방증한다. 몇 번 재수하면 수상하는 동창회장 선거식의 수상이 아닌가 하는 의심도 들게 한다. 각기 문학지마다 상을 제정해서 언제 누구를 줄지 말지를 결정하는 상이야말로 문학 독자를 문학으로부터 점점 멀어지게 하는 요인이다.

미디어 시대가 왔다고 하지만 문학평론가의 시대가 지속되고 있는 서구의 문예란의 평론, 대학교수가 자기 이론을 바탕으로 소설을 써서 베스트셀러가 되는 나라에서는 독서와 창작이 활성화되어 있다. 그들은 치열하게 작품을 논한다. 그러나 우리는 지금 아무도 글을 읽지 않는다는 회의론에 빠져 그저 문학상이라도 제정해서 문학적 명맥을 이으려는 자세를 보이고 있다. 책을 금지하고 책을 불태웠을 때 더 책을 읽었듯이 우리는 더 많은 작가들에게 더 많은 고통을 요구해야 한다.

처음부터 전업 작가가 되어야 한다는 발상부터 지워 버려야 한다. 그러기에 우리는 문예창작과 출신의 공산품 같은 소설에 대해 더 이상 반응을 보여서도 안 된다. 그나마 민음사 박맹호 사장의 태도는 우리를 기대하게 한다. 민음사는 그들이 만든

'오늘의 작가상'이 공모제를 그만두고 한 해 동안 출간된 소설 작품을 심사해 수상작을 선정하겠다는 뜻을 밝힌 것이다. 문예지나 출판사, 평론 권력들이 모든 기득권을 내려놓을 때 작가들은 손등의 모래가 떨어지지 않게 토닥거리며 긴장하고 "두껍아, 헌 집 줄게, 새 집 다오."라고 하며 글을 쓸 것이다.

27 감성 정치에
숨겨진 한미동맹

우리는 예로부터 정이 많은 민족이다. 그래서 외국인들을 대할 때도 정으로 접근하는 경우가 많다. 시진핑 국가주석, 오바마 대통령에게 따뜻한 정으로 대하였다. 그러나 정치는 냉혹한 것이다. 리퍼트 사건에서 보여준 정으로 셔먼 차관의 동맹정치의 비정함이 덮이지 않는다.

2015년 2월 27일 웬디 셔먼 미 국무부 정무차관이 카네기 국제평화재단 컨퍼런스에서 기조연설을 하였다. 여기서 그녀는 다음과 같은 발언을 한다. "정치 지도자가 과거의 적을 비난함으로써 값싼 박수를 받는 것은 어렵지 않습니다. 하지만 그러한 자극적인 말들은 진전이 아닌 마비를 초래합니다." 그녀 혹은 미국의 입장에선 일견 과거사를 극복하고 화해의 미래로 나아가자는 취지의 연설로도 볼 수 있다. 하지만 한국과 중국의 입장에서 이 두 나라의 정치 지도자들이 이른바 "값싼 박수"(포퓰리즘으로 읽자!)를 받기 위해 민족주의를 자극하고 있고, 이런 의미에서 도발은 일본이 아니라 중국과 한국이 하고 있다는 뜻으로 해석된다.

파문이 커지자 외교부는 "미국이 한일 과거사에 대한 입장이 바뀐 것은 아니다."라며 진화에 나섰다. 재미있는 것은 이 외교부가 미국의 외교부나 일본의 외교부가 아니라 한국의 외교부였다는 사실이다. 우리는 자주 미국이나 일본이 자극적인 발언을 할 경우 한국의 외교부가 먼저 나서는 모습을 볼 수 있는데 이는 이해할 수 없는 일이다. 마치 아버지가 대답을 잘못할 때 엄마가 나서서 변호하는 모양새다. 그런데 그래도 문제가 가라앉지 않자, 미국무부가 나서서 해명했다. 그것도 마리 하프 부대변인이 말이다. 그녀는 "특정인이나 특정 국가를 의도한 말이 아니다."라며 셔먼 차관의 발언을 축소 해석하고 나섰다. 치고 빠지는 분위기를 만든 것이다.

그런 와중에 서울에서는 김기종이라는 사람이 주한 미국대사인 리퍼트를 칼로 습격하였다. 김기종의 행동은 셔먼 차관의 발언을 염두에 두고, 한국 국민이 미국의 행위를 묵과하지 않는다는 것을 보여 주고자 했을 행위처럼 보인다. 그러나 오히려 서울은 미국에 대해 감정적 호의로 반응했고, 리퍼트 또한 한국에 대한 (그리고 한국어에 대한) 애정을 과시했다. 이렇게 되자 한국 국민에게 셔먼 차관의 발언은 수면 아래로 가라앉아 버렸다. 마치 '매직 공책 위에서 글을 갈겨쓰고 셀로판 종이를 떼면 사라지는 글자' 같이 되어 버렸다. 하지만 두려운 것은 그 매직 공책의 밑에 선명히 남아 있는 글자의 흔적이다.

우리나라 외교부는 미국이나 일본에 대해 할 말을 다 하지 못한다. 그것은 동방예의지국의 민족적 관습일 수도 있고, 힘이 없는 나라의 강대국을 향한 전략일 수도 있다. 이번 사건도 마찬가지다. 외교적 굴욕은 외교부만 보이는 것이 아니다. 리퍼트 대사에게 동정심으로 대하면 대할수록 국민들은 셔먼 차관의 생각과 행동은 잊어버리려는 듯한 태도를 보인다. 이 점이 한미 관계의 미래에 대해 매우 음울한 구름을 드리운다. 왜냐하면 우리가 미국에 대해 미안해하고 있는 동안, 미국은 앞으로 이 '과거사' 문제를 더욱 노골적으로 표명할 것이기 때문이다.

동아시아 전략적 가치라는 관점에 있어서 미국에게 일본은 한국보다 더 중요하다. 경제적으로나 군사적으로나 옛 힘을 유지하기 힘든 미국은 일본의 군사력을 키워 중국을 견제하고 싶어 하기 때문이다. 이를 위해 미국 입장에선, 전통적인 우방이었던 한미일이 강하게 묶여 있어야 하는데, 한국이 중국과 자꾸 가까워진다는 점이 우려된다. 셔먼이 일본에 대해 과거사를 공유하고 있는 한국과 중국의 지도자를 겨냥한 이유가 여기에 있다. 물론 리퍼트 대사도 자신들의 이익과 관련한 행동을 하고 있다. 그렇기 때문에 리퍼트 대사의 의연함과 한국사랑 뒤에는 당연히 미국의 속내가 숨겨져 있다는 점을 간과해서는 안 된다.

우리 외교 정책의 문제는 앞으로 중국이 부상하여 세계 패권을 가질 것이냐, 미국이 계속 현재의 패권을 유지하느냐에 따라 복잡해진다. 왜냐하면 이에 따라 한국의 외교정책도 바뀌어야 하기 때문이다. 지금 우리는 'NO DAYLIGHT(빛샐 틈 없는 동맹)'를 외치며, 한미동맹이 공고하다며 국민들을 호도하고 있다. 그러나 미국이든, 일본이든, 중국이든 모두 동맹보다 자기 국익을 앞세워 행동한다는 점에 있어서 앞으로 다가올 혹독한 겨울을 준비해야 한다. 그 겨울은 곧 다가올 아베의 미국 방문이다. 그가 미국에 가서 어떤 발언과 행동을 할지 속된 말로 '안 봐도 비됴(비디오)'다. 그렇기 때문에 더 중요한 것은 오히려 미국의 태도다. 미국의 태도 또한 이번 셔먼 차관의 발언과

연장선상에서 행동할 것이라는 예측이 왠지 다시 '안 봐도 비
됴'가 될 것 같은 인상을 준다. 감정을 가라앉히고 냉정하게
미국의 태도를 직시해야 한다.

앙드레 지드는 "좋은 감정으로 좋은 문학이 되는 것은 아니
다"라고 말한 바 있다. 이것은 정치에도 그대로 적용된다. 좋
은 감정으로 좋은 정치가 될 수도 없고, 좋은 감정으로 좋은
동맹도 만들 수 없다. 이것은 미국 사람들이 감정적으로는 아
베 정권의 과거사 인식을 비판하면서도 이해관계에 있어서는
일본의 편을 들고 있는 것을 볼 때 더욱 실감난다. 오바마는
일본을 비판하고 셔먼은 감싼다. 그렇다면 당연히 리퍼트가
감성적으로 한국을 대하는 것이 미국의 국익에 따른 행동임을
알아야 한다. 마냥 리퍼트의 태도에 도취되어 여야與野 정치인
이 정치적으로 이용하려 들어서는 한미동맹의 혹독한 겨울을
견뎌낼 수 없다.

<u>28</u> "나는 교수다"
또는 중앙대 문제
인문계 위기- 지식인의 장례식을 위한 준비

박용성 중앙대 전 이사장의 폭언과 갑질이 도마 위에 올랐다. 그는 자신이 만든 무기가 자신을 향한다는 '아이러니'라는 평범한 진리를 모르는 것 같다.

어떤 사람이 "목을 치라고 목을 길게 뺐는데 안 쳐주면 예의가 아니다. 가장 피가 나고 고통스러운 방법으로 내가 쳐줄 것"이라고 말한다. 이슬람 수니파 극단주의 무장단체 IS(이슬람국가)의 대원들이 주홍색 옷을 입은 무고한 사람들을 참수할 때 쓰는 말과 비슷하다. 이슬람 예언가 무함마드를 모독했다는 이유로 테러를 당한 프랑스 시사만평 주간지 샤를리 에브도의 직원들을 살해할 때 쓰는 말과 비슷하다. 그렇다. 나는 이런 참수를 언제 당할지도 모를 샤를리다. 나는 교수다.

지난 달 24일 박용성 전 중앙대 이사장은 어떤 이메일에서 같은 대학 비대위 교수들을 "악질 노조로 생각하고 대응해야지, 여러분(재단 임원진)은 아직도 그들을 동료로 생각한다"라며 "그들을 꽃가마에 태워 복귀시키고 편안한 노후를 보내게 해 줄 생각은 눈곱만큼도 없음을 중앙대 인사권자로서 분명히 한다"라고 했다. 박 이사장은 또 비대위를 가리켜 변기를 의미하는 'Bidet 좆(비데위)', '鳥頭(조두, 즉 새xxx)'라고 표현하였다.

그렇게만 말한다면 나도 '비데 위'고, 새xxx이다. 나는 언제나 피를 흘려야 하고, 고통스런 방법으로 머리가 잘려나가야 할 교수다. 중앙대 교수들은 이런 심정일 것이다. 그러잖아도 며칠전 교수신문에서는 대학 교수의 절반가량이 신분 불안을 느끼고 있다는 조사가 실렸다. 그 신문에는 대학 교수의 위상이 낮아지고 있다고 생각하는 비율이 80.2%나 됐다고 보고했다.

응답자의 75.8%는 대학 구조조정으로 학문 생태계가 붕괴될 것이라는 의견을 밝혔다. 이 같은 응답은 인문학(83%)과 예체능계(81.5%) 교수들에서 높았다. 응답자의 70.3%는 '지식인의 죽음'이나 '대학은 죽었다'처럼 대학을 비판하는 사회적 시선에 동의했다. 중앙대 문제는 이런 지식인의 장례식을 위한 준비에 불과하다.

　그런데 아이러니한 것은 이런 일을 박용성 전 이사장 앞에서 주구처럼 행한(정확히 말해 행한 것으로 의심 받는) 이가 바로 박범훈 전 중앙대 총장이다. 그는 예술인이고 교수며, 전직 청와대 교육문화수석, 그리고 소위 말하면 중앙대를 최고의 반열에 올린 주인공이기도 하다. 교수의 목을 치는 사람은 교수 자신일 수 있고, 또 인문계와 예술계 교수들의 목을 치는 사람도 그와 같다.

　이분들은 이렇게 생각했을 것이다. 2008년 6월쯤이다. 두산이여 중앙대를 인수하라. 그 후 두산중공업 회장이 재단이사장으로 취임하자. 그리고 "중앙대 이름만 빼고 다 바꾸"자. 당연히 교수평가제, 대학구조조정 등을 강력히 추진하자. 기업식으로 대학을 운영하자. '학문단위 구조조정', '경쟁력 있는 학과를 육성'이라는 거창한 제목으로, 그리고 인문계열은 없애거나 축소하자. 그런 계열의 교수들은 목을 자르자.

　나는 말하자면 샤를리다. 이런 사람들 아래서 나는 언제 목이 잘릴 지도 모를 인문계 교수다. 하지만 춘치자명(春雉自鳴)

이란 말이 있다. 봄 꿩이 울어서 제자리를 포수에게 알린다는 뜻으로 세상에 일방적인 것은 없나보다. 다른 사람들의 '목'을 자신 있게 "쳐 주려는" 사람은 자신의 '목'을 유지할 자신이 있어야 한다.

기업을 해서 돈을 많이 벌었으면 대학의 인문학에 투자를 해야 그게 옳은 경영이지, 이득 나지 않는다고 그것을 쳐내서 기업 이익을 창출하는 것은 좋은 경영은 아니다. 혹시 그런 일이 없기를 바라지만, 그런 기업인이나 정치가들은 자신의 부정을 막기 위해 약한 상대를 공격하는 경우가 많다. 그렇게 자신감 넘치게 방송에 나와 인터뷰를 하고 대학에 칼바람을 불어대던 사람이 갑자기 사퇴를 한다니 의아스럽기까지 하다.

또 다른 지혜도 있다. 시칠리아의 암소는 로마의 장군 페릴로가 범죄자를 처벌하기 위해 만든 청동으로 된 소다. 이 소에다가 사람을 넣고 불을 때면 그 안에서 신음하고 죽어가는 사람들의 울음소리가 마치 시칠리아의 암소 소리 같다고 해서 붙여진 이름이다. 그런데 이 시칠리아의 암소에 최초로 희생된 사람은 페릴로 자신이었다고 한다.

근래 이완구 총리를 위시한 성완종 리스트에 오른 사람들, 그리고 중앙대 이사장은 아마도 이것이 "아이러니"라는 문학적 개념임을 모를 것이다. 스스로 하는 행동으로 인하여 스스로가 희생된다는 근대 최대의 문학 예술적 경험을 이들이 배웠더라면 이런 행동은 하지 않았을 것이다. 나는 교수다. 혹시 그들이 원한다면 아이러니가 뭔지 지혜를 줄 수 있었던 "새×××", Bidet 위의 교수다.